読者の皆様へ

本書は、東京の踏切に現れた幽霊をめぐる物語です、
主人公と共に、奇怪な事件の調査に乗り出して
いただければ幸いです。

御愛読感謝！

高野和明

各位親愛的讀者：

本書是描寫出現在東京平交道的幽靈的故事。
誠摯邀請您一同加入主角對這樁奇怪事件的調查。
感謝您的閱讀！

平交道的幽靈
踏切の幽霊
高野和明
Takano Kazuaki

目錄

楔子　三號平交道

一九九四年晚秋，司機澤木秀男身上裹著冬季制服大衣，手上提著公事包，正走過箱根湯本站漫長的月台。他才剛駕駛觀光車輛抵達終點站，但工作尚未結束，他必須駕駛同一輛列車返回都心。太陽早已西沉，加之是賞楓季節已結束的平日，月台上等候搭乘特急末班車的乘客寥寥無幾。

澤木司機任職的大型鐵道公司，經營連接日本最繁華的城市新宿及溫泉觀光勝地箱根間約九十公里的區間鐵路。除了這條主線外，還有兩條支線，網羅了郊外住宅區、古都鎌倉、湘南海濱等地區，同時肩負了市民的生活通勤及觀光運輸任務，路線頗爲特殊。也因此運輸型態極爲複雜，有特急、急行、準急行、各站停車等等，司機每天的乘務班表也極爲繁雜，多達上百種。

澤木這天負責的是「三〇五運行」。乘務從近午到深夜，在終點停車站休息過夜，再接續隔天一早的工作。三〇〇位數的運行，是只有能執行特急車輛乘務的資深駕駛員才會分配到的班表，對於才三十出頭的澤木來說，這業務令他感到自豪。

沿著塗裝成橘色的列車行走，抵達流線型的車頭時，澤木在島式月台的對側發現熟悉的駕駛員，是後輩堀田。正要走上四四方方通勤型車輛的堀田一發現澤木，便小跑步穿越月台過來。以皮繩繫在一起的駕駛室鑰匙及轉向手柄互相碰撞，發出輕脆的聲響。

「居然在這裡遇到，眞難得。」

澤木說，堀田笑著回應，「我在努力拚倍勤。」

塡補其他休假的駕駛員的班表，叫做「倍勤」，可以多領一整天的薪資，因此申請值倍勤的人是大排長龍。「努力值倍勤，賺錢蓋房子」成了年輕駕駛員的口號。澤木猜出這名後輩可能正在考慮結婚。

兩人抓緊發車前短暫的時間互道近況。澤木正準備前往駕駛座時，堀田忽然轉爲一本正經，改變話題，「最近都沒有人身呢。」

「嗯。」澤木回溯記憶。「已經三星期了吧。」

「彼此多小心吧！」

「可是不管我們再怎麼小心，人身想躲也躲不掉啊。」

「唔，也是。」堀田困擾地說，接著瞥了時鐘一眼，頷首道，「有機會再聊吧。」返回自己駕駛的車輛了。

澤木也乘上特急列車的車頭。設計成觀光列車的三一〇〇型，駕駛座設在二樓。因爲一樓的客艙最前排是可以享受前方一百八十度視野的展望席。澤木伸手打開設置在低矮天花板上的百葉門，爬梯子上去二樓。再將滑動式座位滑到關上的百葉門上，二樓的駕駛座便成了一個昏暗的密閉空間。

澤木坐下來，把懷表放在駕駛台上，接著掛上記錄一日業務的運行表，挺直背脊，望向前方延伸而出的鐵軌。透過這個簡單的儀式，可以讓他在短時間內提高緊張感，進入工作狀態。

接著裝上煞車手柄，執行常用制動測試。緊急煞車、全鬆軔、常用最大，檢查各煞車位置的氣壓是否正常。壓力零的狀態，是最大煞車。依序鬆開手柄，壓力計的指針隨之移動，確定貫通全車的制動裝置沒有異常。

最後是該車型特有的檢查事項，檢查變速裝置模式。目前處在低速用的串聯模式S檔，因此發車後的加速也沒問題。澤木向後方車掌送出蜂鳴信號，告知已做好發車準備。

距離發車還有一些時間。澤木看著窗外的出發信號機，想起了堀田剛才的話。

最近都沒有人身呢。

「人身」是人身事故的簡稱，但實際上是意味著跳軌自殺的黑話。澤木任職的鐵路公司，以「高速安全運輸」爲最高原則，徹底落實安全措施，創下了超過十五年沒有任何歸責駕駛事故的紀錄，值得一書。然而責任不在鐵路公司的人身事故，亦即每年約三十起的跳軌自殺，卻防不勝防。電車這種交通工具，爲了提升能源效率，將車輪與軌道的摩擦設計成最小，因此不適合緊急煞車。實際上，列車在車站間行駛的期間，即使啓動緊急煞車，也需要繼續滑行數百公尺才能停下。因此鐵道法規才會指定鐵路爲專用軌道，賦與電車優先交通權。若是有人突然侵入軌道，沒有任何手段可以避開衝撞。

堀田那句近似感嘆的「最近都沒有人身」，其實直白地吐露出只有駕駛員才會懂的複雜心境。沒有事故令人欣喜，但無事故的期間太長，免不了讓人憂心是不是很快就要落到自己頭上。尤其澤木和堀田都沒有碰過任何人身事故。要是經過的車站月台有人跳下來，或是突然有行人衝進平交道，對駕駛員來說，是多麼可怕的噩夢？撿拾飛散各處的頭顱和手腳，又是多麼駭人的體驗？他甚至無從想像。

以前澤木和同事在閒聊中，計算過一名駕駛員遇到人身事故的機率是多少，結論是每十年的乘務會遇上一回。才二十多歲的堀田也就罷了，澤木當駕駛員已經超過十年這個數字了。

車站裡開始響起通知特急發車的鈴聲。澤木將雜念從腦中驅離，盯著懷表的秒針確定時刻。駕駛台的燈號亮起，通知客艙門已經關上，車掌傳來通知出發的蜂鳴信號。

澤木迅速且確實地進行最後一次安全檢查。警報器，沒問題。煞車管壓力，沒問題。出發號誌機顯示爲綠色。

「特急，下一站停靠站小田原。」澤木出聲口誦確認程序。「出發號誌爲綠燈。」

將左手握住的主控制器手柄推到最高速度的刻度，全長一百四十四公尺、總重二百二十三噸、共十一節的鋼鐵列車便準時動了起來。距離終點新宿車站需時一小時三十八分，中途停靠三站。

從箱根湯本站出發的澤木留意照常駕駛。忠實遵守每一個基本事項，是通往安全最短的捷徑。駕駛員正確地記住全線共上百台號誌機的位置、R八〇〇以下彎道的半徑及傾斜坡度、不同的行駛區間不同的速限等等。他想到全線幾處需要特別留意的地點，但除了遵守注意義務以外，駕駛員沒有其他可以做的事。

特急列車在下坡行駛了約二十分鐘，抵達了第一個停車站小田原。澤木確認前方急緩行區別裝置的燈號。這個裝置的目的，是預先確保路線前方平交道的安全。它會區別行駛的列車是特急或是各站停車，配合不同列車的速度，在適當的時機放下平交道柵欄。澤木確定燈號顯示為特急後，口誦下一個停車站站名及出發號誌機的燈號，準時讓列車出發。

接下來列車經過沿線散布的小城鎮，不斷地北上。也因為特急列車的駕駛座較高，朝著前方的黑暗埋首前進的夜間行駛，有種宛如在飛行般的獨特浮遊感。擦身而過的對向通勤型車輛的車頂從眼下滑過。

經過酒匂川前面的急彎後，改朝東北前進，終於即將進入全線首屈一指的難關了。這個區間是陡坡和急彎連續不斷的山岳地帶，平交道會在視野不佳的彎道途中突然冒出來，由於能確認的距離很短，特別需要留意。

列車駛入漫長的右彎道前，澤木瞥了儀表一眼，確定列車保持在速限之內。接著他全神注視前方，等待那個必須留意的平交道在前方出現。

很快地，黑暗中浮現平交道，以及在前方發光的號誌機。亮著白燈的交叉燈號宣告柵欄已經放下，同時下方的特殊號誌發光器是熄滅的，顯示平交道上沒有障礙物。但障礙物偵測裝置有死角，不能輕忽大意。因為這個裝置能夠確實偵測到平交道上的汽車等大型物體，但人的話，有可能遺漏。

澤木凝視著平交道。沒有任何人影。剩下的問題就是有沒有人從柵欄外面衝進來。行進方向的左側，靠近特急列車的馬路，由於被低矮的土堤遮擋而沒辦法看到。澤木將意識放在握著煞車手柄的右手，以防不測。

平交道警報機閃爍的燈號及響亮的警報聲從前方接近。紅光覆蓋左右車窗，一眨眼就被甩到後方去了。澤木右手的緊張解除了。特急列車恍若無事地經過平交道，離開山岳地帶，進入平原。

這個地區過去是農村，現在逐漸開發爲住宅區，但仍散發出悠閒的氣息。似乎每戶人家都早早就上床休息了，映入的燈火稀疏零星。從這一帶開始，就進入都心的通勤範圍了。

從箱根湯本站出發五十分鐘後，列車開進本厚木站。比預定抵達時間早了七秒，停止位置的誤差爲五十公分，澤木思考有沒有辦法再精確一點。乘客上下車之後，發車時間沒有半秒誤差。

從接下來的第三個停靠站町田開始，終於進入東京都了。但東京都與神奈川縣之間的境界相當複雜，因此列車暫時會在兩個行政區之間進進出出。澤木每看到區間號誌機的綠燈，便出聲口誦「綠燈行進」，順利駕駛。在跨過多摩川，完全離開神奈川縣之前，有幾個需要注意的車站和平交道，但每一處都沒有異狀，平安通過。

不知不覺間，沿線風景被二樓屋舍與集合住宅填滿，轉變爲大都市風貌。每當大學或商業設施的身影掠過，市街就變得更加熱鬧。

來到距離終點還有十五分鐘的地點時，被映照得一片明亮的夜空傳遞出前方八公里處的新宿的喧囂。不過還不能掉以輕心。從這裡到新宿的地形意外地高低起伏，細微的上下坡連續不斷。

澤木想起下一個必須注意的平交道──下北澤三號平交道。這個平交道位在經過一個小車站後的開闊窪地入口，但因爲位在半徑六百公尺的曲線上，在進入平交道前一刻才會看見。而且它位在坡度千分之二十五的陡坡下方，察覺異狀之後，即使啓動緊急煞車，也不可能停車。因此保安號誌機設置在平交道相當前面的地點，從通過站的月台末尾就可以看到。

全力加速爬完漫長的直線上坡後，看到小小的通過站了。軌道以此爲頂點轉爲下坡。澤木眼觀四方，確認安全。短短的月台邊緣，沒有看起來要跳軌的乘客。前方的複數號誌機，都顯示下北澤三號平交道沒有異狀。確定區間號誌機顯示爲綠燈後，澤木口誦，「綠燈行進。」

特急列車維持著速限九十五公里，駛入左彎道。共十一節的列車在用來減緩離心力的斜坡上向左傾斜，畫出宛如被吸入前方窪地的軌跡，滑進下坡。

在澤木的注視中，很快地左側土堤的後方出現了下北澤三號平交道。在放下柵欄的軌道中央，他看見常夜燈的光中站著一個人影。看見幽幽晃動的人影瞬間，澤木感受到整個腦袋凍結般的震驚。同時他的手腳反射性地重現了在訓練中被灌輸的基本動作。右手一百八十度旋轉煞車手柄，拉到緊急煞車的位置，同時右腳用力踩下踏板，震耳欲聾的汽笛聲湧向三號平交道。

全車制動裝置同時發出排氣聲。爲了讓列車緊急停止，煞車管的壓力計降到了零，但是在緊急煞車開始發揮作用前的滑行時間裡，車輛繼續往前進，來到平交道二十五公尺前方了。

澤木無意識地撐直了雙手雙腳，背部緊緊地抵住駕駛座，內心對平交道上的人影大喊，「快逃！」他知道已經停不下來了。駕駛座的窗下，大大地突出前方的鋼鐵引擎蓋正要粉碎逼近眼前的人物。衝撞前一刻，澤木看見軌道上的人影仰望這裡，朝對向軌道跨出去，但他無法判別那是真實的情景，抑或自己的願望製造出來的錯覺。人影消失在引擎蓋底下後，特急列車因為突然減速，反而更增加了重量感，在軌道上繼續衝刺。

澤木一再反芻短短數秒前的記憶。列車通過平交道的瞬間，沒有異音也沒有衝擊，就彷彿只是穿過空氣。但他實在不認為能在那樣的時機避免人身事故。而且相較於以約九十公里的速度行駛的龐大鐵塊，人體實在是太輕盈脆弱了，就算沒有衝擊或衝撞音，也無法安心。

列車在緊急煞車後仍持續前進了約三百公尺，來到應該要直接通過的下北澤站月台中間左右，終於停住了。深夜的月台仍有許多乘客，好奇地看著緊急停車的特急列車。

澤木留在昏暗的駕駛室，火速拿起駕駛台上的話筒，和車掌通話，「三號平交道有人闖入，看得到嗎？」

最後尾的車廂應該距離平交道約一百五十公尺。車掌立刻回覆，「沒有異狀。」

怎麼可能？澤木心想。他暫且交代對方，「請防護後方。」掛斷電話，執行緊急狀況時的初步動作。鳴響三聲緊急汽笛，確認周邊安全，使用防護無線電停止對向列車，接著以無線電聯絡指令所。

「有人闖入平交道，因此緊急煞車停車。」他告知狀況，對方立刻詢問，「撞到人了嗎？」

「尚未確認，我現在就去現場查看。」

「了解。」

車廂內，車掌向乘客說明緊急停車的廣播開始響起。澤木取下煞車手柄，收進皮包，打開地板上的百葉門，爬梯子下去一樓客艙。

頗爲空蕩的客艙裡，幾名乘客看著他，像是有話想問。澤木停下腳步，回望客艙最前排的展望席。因爲他想到，坐在那裡的乘客應該目擊了全程。

然而椅背另一頭卻冒出伸懶腰的雙手，滿臉睏倦的女乘客轉過頭來問，「怎麼了嗎？」

「目前正在確認，請耐心稍候。」澤木只留下這話，從無人的車掌室走出車外。

戶外空氣很冷，大衣留在駕駛座，但澤木完全不在乎冷。他做好即將看到慘不忍睹情景的心埋準備，繞到車頭前方。稱爲「車裙」的突出部分，以及上方的引擎蓋，都沒看到血跡或衝撞痕跡。接著他從車輛側面揮動手電筒的燈光查看車底下，但也沒有異狀。到了這時，他的心中才開始萌生不太對勁的異樣感。但現在無暇思考那麼多。他拔腿跑離原地，趕往三號平交道。

澤木在突出月台的列車最後尾遇到了下車的車掌。是和澤木同期進公司的小川。兩人一起在兩條鐵軌上奔跑，小川問，「怎樣的人？」

「穿大衣的中年男子，微胖，像上班族。」澤木回答，同時祈禱對方平安無事。

下北澤站由於月台擴充工程，一號平交道已經撤除，因此前往箱根方向時，第一個會遇到的是二號平交道。接下來與三號平交道之間，是一片直徑長達約一百公尺的窪地，這樣的地形無法鋪設鐵軌，所以築起一座高高的土堤代替橋梁。因此儘管位於都心，只有這一帶視野開闊，入夜以後便彌漫著蕭索的氛圍。

澤木和小川跑過土堤，趕往三號平交道。因爲如果闖平交道的人撞到列車側面，可能受了重傷，正在等待救治。

兩人抵達的三號平交道，是都內隨處可見的附自動遮斷機的第一型平交道，與二線道馬路相交。馬路一經過平交道北側，立刻直角轉彎，和鐵軌平行通往窪地底部。澤木和小川不只是平交道，也檢查了周邊馬路，但別說有人倒地了，連一點微小的事故痕跡都找不到。

如此一來，兩名鐵道員剩下的工作，就是搜索附近了。因爲即使那人避開了衝撞，也有可能躲在某處，伺機再次跳到再次開始行駛的列車前面。澤木負責軌道北邊，小川負責南邊，檢查土堤兩側的陡坡。雖然時值深夜，但路燈照亮周邊，可以看到窪地底部。澤木還走下隔開馬路的鐵柵欄，瞭望馬路另一邊，卻無法找到剛才出現在眼前的男子。

澤木跑上斜坡，回到二號平交道旁。土堤周圍只有一片陰暗寂靜的街景，沒有活動的人影。即使側耳聆聽，傳入耳中的也只有來自北方的風聲。澤木一陣寒冷，繃緊了制服底下的身體。

小川從土堤另一側爬上來，關掉手電筒問，「有嗎？」

「沒看到。」

「那就是沒事。」車掌露出安心的笑容，發現駕駛員的表情依舊僵硬便說，「對方來得及逃跑嗎？」

澤木搖搖頭，「我不認爲。」

「可是——」小川說到一半也噤聲了，兩名乘務員蹙眉對望。即使不形諸話語，他們也知道對方想到了什麼，是公司裡長期來流傳的奇妙事件。

深夜，小田原方向遠離人煙的平交道，有人影跳到行駛中的列車前面。據說那並非清晰的人影，而像是一團白色氣體。駕駛員大驚，緊急煞車，但來不及，列車直接撞過輪廓模糊的人影，穿過平交道之後才停止。駕駛員立刻下車，和車掌一起搜索鐵軌周圍，卻未發現人身事故的痕跡，也沒看到可疑人士的身影。出現在平交道上的人形之物就彷彿煙消雲散一般，消失得無影無蹤。這古怪的事被歸入「列車故障」的事故種類，在公司內部有正式報告書。

「可是，這裡不是那個平交道吧？」小川說。

澤木點點頭，回想自己在駕駛座看到的景象。在平交道裡搖搖晃晃地站著，回頭看過來的人影。雖然動作飄忽，但確實看到雙腳了。「那確定是人。有可能是醉鬼。」

「醉鬼？啊，三號平交道嘛。」小川說，從制服內袋取出乘務員手冊。

澤木見狀也終於想到了。從今年開始，下北澤三號平交道應該接到好幾起闖平交道的報告。乘務員都會把這類每天的駕駛狀況寫下來做爲提醒。澤木也取出自己的手冊，和小川較勁似地翻頁。

「第一次是二月三日。」澤木先找到紀錄了。「凌晨零時二十四分，上行線，一個像大學生的年輕人。」

「接著是四月十一日。」小川接著說，「二十三時四十五分，三十多歲女性。」

澤木也在七月和九月找到相同紀錄。闖平交道者各別爲二十多歲男性和中老年男子，其中一起發生在大中午的十二點。不分晝夜，下北澤三號平交道不斷發生有人闖入的狀況。但每一起似乎都在千鈞一髮之際避開衝撞，沒有釀成人身事故。

這時，一名上了年紀的站務員從下北澤站跑了過來。澤木闔上手冊報告，「沒有衝撞痕跡，也沒有看到人。」

小川補充，「可能是醉漢不小心闖入平交道，嚇到跑掉了吧。」

若是因惡質行爲阻礙列車行進，必須負起高額賠償責任。闖入者是害怕賠錢，被抓到之前先跑了吧。

「最近很多呢。」站務員皺眉說，「唔，沒人受傷是最好的。接下來交給我們處理吧。」

特急的末班車已經大幅延誤了，必須盡快恢復行駛。澤木和小川一起前往列車，卻甩不開一抹不安，「可以就這樣出發嗎？」同時內心也冒出了新疑問。

一個平交道怎麼會有這麼多人一再闖入？

澤木回頭望去，但下北澤三號平交道只是朦朧地浮現在遠方的常夜燈中，沒有給他任何線索。

1

地下鐵的門同時開啓，吐出大批通勤乘客，彷彿大都會在發出嘆息。

永田町站的早晨。

松田法夫離開默默朝職場邁進的人潮，獨自坐在長椅上，只是等待時間過去。穿舊的大衣底下，疲勞纏繞著全身。之所以比預定時間提前一個小時離開自家公寓，是因爲他覺得若不這麼做，就會再次陷進床鋪裡，再也無法爬起來上工。

採訪現場的執政黨總部大樓離這裡不遠。松田一直賴到前一刻，終於勉爲其難地起身，去執行身爲記者的工作。

隨著前往驗票閘門樓層的隊伍乘上手扶梯，在前方人牆中發現薰衣草色的大衣。只有那個色彩顯得格外鮮明。松田心想：是妻子，霎時雀躍起來。但手扶梯抵達樓上，人群往前走去，那張與妻子毫無半分相似的側臉逐漸遠離。

松田雙手插進大衣口袋裡，拱著肩膀往前走。妻子不可能在這種地方。因爲他的妻子早在兩年前就過世了。

同樣的事一再上演，松田鬱悶地想著。自從在那間白色病房天人永隔，不管看到什麼、聽到什麼，都和亡妻的回憶連結在一起，讓他再也沒辦法享受任何事。不管做什麼、見到誰，都無法填補失去全世界唯一摯愛的失落。現在他也已經習慣了哭泣，能夠表情木然地流淚了。

爬上地下鐵階梯，走出地上，十二月的陽光實在煩人。松田用指頭抹去兩頰的淚水，跨出籠罩著寒意的人行道。

這裡是國會議事堂附近的日本政治中心地區。幹線道路的兩側，高樓飯店和餐飲店櫛比鱗次，人車皆我行我素地通過，對一介中年男子的感傷不屑一顧。松田懷著只有自己成了社會異物的疏離感，慢吞吞地沿著二四六號線往前走，終於來到今天要採訪的自由民眾黨總部大樓。

前往警衛亭，報上身分，「我是《月刊女性之友》的松田。」面熟的警衛納悶地問，「你換東家了？」

松田擠出微笑點點頭，一時想不起來最後一次亮出報社記者證穿過這道門是多久前的事了。是他四十五歲左右的時候嗎？中年守衛沒有繼續追問，放行他，「請進。」

進入大樓，狹小的玄關擠滿了媒體。西裝筆挺的報社記者、服裝隨性的攝影師，還有電視台女記者。

松田跟在他們末尾，進入電梯。一名記者意外地看向松田，接著不屑地別開目光。他從全國大報的社會部機動記者淪落到女性雜誌的採訪記者，這件事應該已經傳遍圈子內了吧。

電梯門在八樓打開，那名記者推開松田出去大廳。松田在心中對那名盛氣凌人的政治記者說，等到哪天你也成了自由記者，失去公司的庇蔭，就會明白自己毫無價值了。

左右牆壁早已擠滿了蜂擁而至的媒體。其中一人，年過三十的攝影師揮手招呼，「松田大哥！」是吉村弘樹。吉村的聲音快活得突兀，道出他資歷尚淺。今天搭檔採訪的這名青年，讓松田的心輕盈了一些。報導攝影師大部分都莫名嫉世憤俗、眼神陰沉，但吉村是個性情直率大方的好青年。

吉村守在自己的攝影位置，指指手表，示意「已經開始了」。松田站在牆邊的自動販賣機旁，對熱血的菜鳥報導攝影師苦笑。明知道接下來的採訪只是一場秀，何必那麼起勁？

「這裡是自由民眾黨總部。」前方咫尺處，民營電視台的女記者對著鏡頭開始說話。燈光也打到自己身上來，松田後退離開電視機畫面外。

「這起收賄貪瀆案當中，政界及財界陸續有人遭到逮捕，涉嫌重大的野口進眾議院議員即將結束晨會出來。在政界改組中震盪的一九九四年即將迎接尾聲，野田議員的嫌疑，也將隨著國會會期結束一同落幕嗎？」

這是擔任建設大臣的重量級政治人物司空見慣的貪瀆案。儘管從大型承包商手中收取高達五千萬圓的地下獻金，法律做出的懲處竟只有區區五萬圓罰款。因爲日本國會議員的工作就是制定法律，他們絕對不會制定出重罰到自己的法條。

開完建設部門會議的議員開始從裡面的走廊現身。先是年輕議員，接著是資深議員。媒體圍出來的圈子自然地縮小，一待野口議員現身電梯廳，記者便同時聚攏上去。閃光燈和電視攝影機燈光照亮了人牆中心的政客油膩的臉孔。眼中只有金錢與權力的這個男人，目光裡除了傲慢，看不出任何人性。

「聽說議員的祕書爲了金堂建設的獻金，被警方請去偵訊了。」

被無數麥克風及錄音機堵住的六旬代議士彷彿八風吹不動，以符合體形的渾厚嗓音說，「我叫祕書要配合檢方偵查。」

「議員承認收受獻金嗎？」

「你這是含血噴人。」野口的口吻變得嘲諷，「如果說我收取獻金，這我承認。但那筆捐款超過規定上限，是祕書一時疏忽了。」

「關於五萬圓的罰款金額，議員有什麼看法？」

「那是法律規定，我還能說什麼？我完全聽從檢方的處分。」

陳腔濫調的問題、打太極拳的政客。在記者團外圍準備做筆記的松田，覺得這一切都只是過場儀式。他伸頭看吉村怎麼了，只見他在人牆外側高舉攝影機，接連打出閃光燈。

「議員不覺得自己有道義上的責任嗎？」耳熟的聲音詰問道。是一名獨立女記者。

野口的聲音頓時不耐煩起來，「什麼責任？」

「我認爲議員有義務向國民做出更進一步的說明。」

「我不就在這裡說明了嗎？妳是沒在聽嗎？」

松田感覺到一陣重壓。野口似乎逼近了提問記者，人牆朝自己這裡壓將過來。他想讓到旁邊，卻被飲料自動販賣機堵住了退路。

「議員覺得這些說明就足夠了嗎？」

「沒錯。如果妳覺得不夠，說說看哪裡不夠？」

松田被夾在壓上來的記者團和自動販賣機之間，動彈不得。機器的邊角強力壓迫側腹部，感覺肋骨隨時都會被壓斷。他用力撐住雙手，想要確保空間，無奈並沒有能夠反彈數十人的怪力。

「您不覺得應該辭去議員職位以示負責嗎？您也用同樣的手法向其他公司收取非法獻金吧？」

「什麼非法！妳嘴巴放乾淨一點！憑什麼說我是罪犯！」

「野口議員！野口議員！」記者接近怒吼的聲音翻騰，一大群人就要壓垮松田。「嗚哇！」松田一聲驚呼，身子一扭，當場倒地。皮鞋大軍沉重的腳步聲從腦袋旁邊踩踏而過。他覺得沒被踩到已經是萬幸了。

按著疼痛的右側腹慢吞吞地站起來，貪污政客正消失在電梯門內。收縮的媒體人牆失去向心力，隨著不滿的嚷嚷聲，擴散到整個大廳。

「松田大哥，你還好嗎？」吉村跑了過來。小自己二十歲的攝影師似乎在搶位大戰中激烈衝突，臉上撞出了瘀青。

松田拍掉大衣灰塵，理好翹起來的頭髮。撿起便條本和原子筆時，淒慘的情緒湧上心頭，但他告訴自己，看在旁人眼中，這就是一齣可笑的鬧劇。自己只是扮演了丑角。比起悲劇主人翁，喜劇角色還要像話多了。

中午過後，松田前往任職的出版社。開自己的廂型車來的吉村邀他要不要一起去編輯部，但松田婉拒了，在附近的咖啡廳打發時間。妻子過世後，他受夠了忙到棄家庭不顧的工作，從報社跳槽到出版社，但衰萎的力氣還是沒有振作起來。喪妻之痛的破壞力就是如此強大。

《月刊女性之友》的出版社「秋文館」是創立於戰前的老字號，公司大樓是位在千代田區番町地區的一棟舊大樓。《女性之友》編輯部在四樓，除了總編以外，有二十名工作人員進出這裡。其中秋文館的正職人員約占三分之一，其餘都是約聘的採訪記者及攝影師，還有最後負責完成稿件的撰稿員。

松田坐在分給新聞組採訪記者的辦公桌前，正準備整理要交給撰稿員的底稿時，desk——編輯部主任中西從辦公室深處向他招手。這名體格纖細的男子是記者的大頭，也是松田的直屬上司。若以一般企業來說，地位相當於副部長，但傳媒界都慣稱爲「desk」，因爲主任不會親自外出採訪，總是坐在桌前。

松田走過去，主任中西仰望著年紀比他大的部下，「總編找你有事。」他指了指牆邊的接待區，總編井澤勉正坐在那裡喝茶。扁塌的沙發，道出這部女性雜誌漫長的歷史，以及目前的銷售狀況。

松田有了不祥的預感。對松田來說，井澤是他的恩人。他走向接待區，內心祈禱自己沒給井澤添什麼麻煩。

井澤總編看也不看過來的松田，用下巴努了努對面的沙發，「坐啊，看個電視吧。」井澤是再過幾年就退休的資深編輯，身材富態，西裝褲子用吊帶吊起來。一頭誇張的自然捲，白髮已經占了上風，但黝黑的肌膚仍充滿了專業人士的精力。

松田依言坐下，和井澤一起抽著菸，盯著電視螢幕。正午的新聞節目正在轉播執政黨總部大樓的狀況。蜂擁而上的大批記者、一字排開不斷放射閃光燈的攝影機。閃躲追問，惱羞成怒，最後轉爲恫喝的貪污政客。就在成群記者紛紛移動，混亂的現場安靜了一下的那一刻，一道滑稽的「嗚哇！」響徹全場。

井澤開口，「不曉得哪家的蠢記者『嗚哇！』了一聲呢。」

這裡有個觀眾享受了自己的小丑演出。松田勉強擠出笑容，「反映了他的熱忱吧。」

井澤也發出笑聲，「阿松，還是沒有上軌道嗎？」

「我自認爲都全力以赴。」

「是嗎？」井澤懷疑地說，「熟悉這裡的稿紙了嗎？學會女性雜誌獨特的詞彙了嗎？如果當紅藝人突然宣布訂婚，要怎麼寫？」

「不是『突然宣布訂婚』嗎？」前報社記者松田回答。

「是『閃電結婚』。」女性雜誌總編畫紅線訂正，「明年四月開始，我們雜誌也要廢除手寫稿件，一律改用文書處理機了。甚至還說要廢除BB CALL，分發手機。現在這世道，必須迅速適應變化，否則就會遭到淘汰。你懂吧？」

松田點點頭。他理解井澤的用意了。對出版社來說，《月刊女性之友》是從戰前創刊至今的招牌雜誌，但進入八〇年代後，便擺脫不了過時的形象，銷量逐年下滑。因此轉換編輯路線，仿傚競爭對手的女性週刊，增加彩頁，或報導影劇八卦，卻未能成爲刺激銷量的特效藥，進入九〇年代後，赤字的月份愈來愈多。但雜誌仍繼續苟延殘喘，因爲泡沫經濟崩壞後，只有出版業仍維持活力，有文學等其他業績良好的部門幫忙塡補赤字。即使如此，編輯部應該也沒有餘裕雇用狀況外的記者。

「你的約聘合約還有兩個月。」總編說，「如果你不能在期限內發揮原本的實力，我也救不了你。」

辭掉報社工作的松田能夠進入這裡工作，都多虧了井澤拉拔。兩人從二十年前就認識，當時分別是報社記者和雜誌編輯，井澤後來成了老字號月刊的總編，邀他，「要不要來我們這裡寫稿？」松田起初被錄用爲撰稿員，但立刻就發現行不通。報紙和女性雜誌的文體相差太多了。報紙是以精簡的字句單純陳述事實，女性雜誌卻要使出渾身解數，不斷勾起讀者的興趣。這樣的文字是一門專門技術，不是一朝一夕就能練出來的。結果松田寫了幾份上不了檯面的稿子後，很快就被換了位置，活用過去社會部機動記者的經驗，被派往現場採訪。

「抱歉給你添麻煩了。」

「要道歉等到被開除了再來。現在先做好工作。」

「是。」

井澤不提松田遭遇的家中變故，只談公事。松田私心覺得感激。

「說到工作，野口收賄這件事，會有更多進展嗎？」

「不會。」

「理由是什麼？」

「理由——」松田支吾了一下才說下去，「因爲找不到野口爲該建設公司尋求方便的證據。因此野口不會被追究收賄罪，只是超過法定捐款上限，就此結案。對於收取五千萬圓的地下獻金，檢方做出的處分是五萬圓罰款。」

「他應該還涉入其他圍標案。」井澤以面試官的口吻問。

「榮興建設的案子，是吧？這邊的圍標案，野口確實在設法運作，讓公平交易委員會擱置告發，但根本無法確定有收受現金的情事，因此他不會被追究任何罪責。」

這並非松田自己調查到的內容，只是其他媒體的報導摘要。這次是久違的政治採訪，松田問過幾處感覺能問到消息的地方，但每個消息來源都敷衍地把他打發了。拋棄報社名片的階段，他就已經從這些人的網路中被排除了。情報網是個封閉的交易所，只有擁有情報這個貨幣的人能夠參加，交換的情報被用在權力或反權力、公益或私利、宣傳或中傷、營利活動或非法斂財上，但沒有情報的人，什麼都換不到。不過當時松田連感到憤憤不平的力氣都沒了，只是莫名地認命，就是這樣的。這就是自己的人生走到的盡頭。

雙手環胸聆聽說明的井澤說了聲「我懂了」。從那含糊的語氣，聽得出他對松田的工作表現並不滿意。「這個題目，在今天的編輯會議退回。你調到主要的特集小組。」

「是。」

井澤起身，叫來中西主任，「談完了。那個採訪派給松田，撰稿也交給他。」

「那太好了。」

「還有一點，接下來兩個月，松田歸我直屬。這是特例體制，你擔待一下。」

「沒問題啊。」中西的嘴角浮現擺脫麻煩的喜悅。

松田問主任，「我要做什麼？」

「一個年輕記者提出的企畫。本來應該要提案的人自己弄，但他出車禍住院了。」

「去會議室吧！」井澤邀松田說。

走廊對側的會議室裡，新來的編輯部員工工藤正在等他們。寬闊的桌上擺著一台八釐米電影用的播放器。在家庭用攝影機普及的現今，這是已經看不到的老舊機器。對於被時代拋下，逐漸從人們的生活中消失的工業產品，松田感到一絲依戀。

坐下來後，中西主任遞出一疊投書。各別的信封貼了便利貼，以編輯的手寫文字註記「深夜怪聲」、「學校廁所的人影」、「在遊樂園消失的遊客」等等。

「這是什麼？」

「鬼故事。」井澤回答，「我們從讀者的投稿裡面挑選出較有可信度的幾個。要交給你的工作，是採訪靈異事件。」

「靈異事件？」

在日本，說到鬼故事，是夏季不可或缺的娛樂，但是在女性雜誌，則是不分季節，隨時都在刊登。因爲只要煽動讀者的恐懼和危機感，雜誌就能賣得好。

「可是，」松田嘗試微弱的反抗，「一月號的專題特集不是『魅力無窮的英國』嗎？」

「沒錯，古城倫敦美麗的街景、紳士淑女洗練的時尚品味、古董家具、優雅的午茶時光，還有皇后樂團的音樂介紹。是很適合一年之始、吸引力十足的特集。」

「爲什麼要在裡面加入靈異內容？」

「英國和日本有個意外的共通點，就是兩國都有許多鬼故事。」

中西補充，「所以想要比較一下兩個國家的眞實鬼故事。」

「對死人來說，這兩個國家待起來應該都特別舒服吧。」松田語帶諷刺說。

「投書等下再看，請先看一下八釐米影片。這是讀者寄來的怪奇影片。」

中西向工藤打信號，房間燈光立刻被關掉，播放器的光投射在會議室的白牆上。

「這是大學的鐵道社團學生從下北澤站的月台拍到的。」

松田被勾起興趣，仔細地盯著影片。攝影者的學生站在月台邊緣，將延伸至遠方的上下行軌道拍進畫面。相隔約一百公尺的間隔，有兩座平交道切過軌道。來自天空的和煦陽光籠罩著整片風景，感覺不到絲毫怪奇氛圍。

「重點是比較遠的那座平交道。」井澤說，「仔細看。」

放大拉近的影像雖然有些顫動，但清晰地拍攝到平交道。畫面深處的轉彎出現列車的時候，平交道裡冒出一團模糊的東西，像蒸氣般搖晃，短短幾秒後消失了。列車若無其事地通過那座平交道，朝下北澤站駛來。

松田感到落空，「那是什麼？」

「幽靈啊。」井澤斷定說。

「不是底片的刮痕，還是蹩腳的機關那類嗎？」

「不，就是幽靈。」井澤笑著強辯，「再播一次。」

工藤倒帶，播放相同的場面。色澤淡薄像霧一樣的東西從地面約一公尺的高度出現。勉強要說的話，上方比較暗一些，看起來也像是頭髮，但要說這是人影，實在太勉強了。「我的感想還是一樣。」

「是嗎？不過還有後續。」

井澤要工藤開燈，從唯一一封特別挑出來的信裡取出照片，「這是其他讀者寄來的照片。拍攝地點跟剛才的八釐米影片一樣，是下北澤三號平交道。」

松田望向照片，隱約感到一陣陰寒。照片前景拍到的，是一名高齡婦人和貌似孫女的女孩，還有一隻小狗坐在兩人腳邊。照片中還有另一人，就在緊鄰後方的平交道上，就像不小心拍到的路人。那是一個側向的女人，但女人腰部以下是透明的，只有胸廓以上的部分，也就是人體的四分之一飄浮在半空中。

「投書的是普通的家庭主婦。她說拍照時，周圍沒有別人。」

松田目不轉睛地看著照片裡的長髮女子側臉。整張照片裡，就只有那個人色澤特別淡薄，輪廓模糊，但可以清楚地看見清瘦的臉上迷茫的神情。若要推估年齡，約是二十多歲，卻看不出任何年輕女孩應該有的活潑氣息，彷彿只有這個女人漂泊在虛無的世界裡。松田出於記者的習性，尋思可以表達這個印象的一句話，再次毛骨悚然。飄浮在照片背景中的女人，是「死者」。「這是所謂的靈異照片嗎？」

「對。我第一次看到的時候也嚇到了。」

「不會是用雙重曝光造假的嗎？」

「調查是不是造假，也是你的工作。」

就算是造假——松田心想。不，這絕對是造假，但實在非常精巧。至少它充分地發揮了吸引目光、讓人毛骨悚然的效果。

「這不是很奇妙嗎？」中西說，「不同讀者在同一個平交道拍到疑似幽靈的人影。光是這樣就可以寫出一篇報導了。如何？有幹勁了嗎？」

站在松田的立場，他不可能拒絕這個案子。「我會努力。」

「交給你嘍。」井澤滿意地說。

接著三人討論採訪方向，決定不只是平交道，感覺可信度頗高的其他三封投書也查證一下，至於靈異照片，則委託靈異人士鑑定眞假。

「可是就算找靈異人士鑑定眞假，萬一那個靈異人士是冒牌貨怎麼辦？」松田自認爲提出了極爲天經地義的疑問，卻被在場所有的人當耳邊風。

「靈異人士就麻煩松田先生找了。」工藤說。

「等一下，靈異人士會在電話簿上登廣告嗎？」

「有啊。」編輯當場回答，遞來一份用文字處理機製作的名單。上面印刷了約十人的姓名和聯絡方式。「不嫌棄的話，請從裡面隨便挑一個吧。這是前任製作的名單。」

靈異照片的鑑定費用是多少，松田完全沒個底。他正在思考採訪經費要怎麼估算，忽然放下伸向名單的手，問中西主任，「這個題目本來是另一個記者要做的，是嗎？」

「對。」

「你說他車禍住院，是吧？」
「對啊，就在這個企劃在會議通過的當天。」
「眞是不小心。」井澤說，丟下眉宇布滿陰影的松田，開朗地笑了。
約訪多名採訪對象的工作一直處理到晚上。其他還有另外負責的企劃「操縱老公心法」的訪談，松田整個下午幾乎都守在電話旁邊。
讓他驚訝的是靈異照片的鑑定委託，接聽電話的人自稱靈異人士的丈夫，說「因爲工作安排的關係，鑑定需要兩星期的時間」。這次的報導因爲遇到年底，截稿日提前，兩星期後勉強趕得上最後期限。松田與對方交涉，成功縮短到「十天左右」。鑑定費三千圓，必須先付，而且松田還沒問，對方就先指定匯款銀行帳戶了。松田嘆息，這年頭連靈異人士都需要一個幹練的經紀人嗎？
他從地下一樓的攝影師辦公室叫來吉村，製作照片複本提供鑑定。這次的靈異採訪，他也和這名好青年搭檔。
「複製這種照片，會不會被作祟啊？」吉村打諢說，把靈異照片拿走了。
後來吉村沒有遭到作祟，順利複製好照片，松田在九點結束工作，離開編輯部。
回程電車上，他把疲倦的身體靠在座椅上，思考自己目前的處境。從井澤總編今天的口氣聽來，自己能夠繼續幹記者這一行的時間，八成只剩下兩個月了。自由工作者沒有失業保險，因此接下來就沒有收入了。運氣更糟的是，民間企業的退休制度從五十五歲延後到六十歲，開始領取年金的時期也順延了。這樣下去，在依靠年金生活之前，存款會先見底，但別無長才的五十四歲前報社記者能幹什麼？雖然漫無章法地思考糊口之道，卻想不到任何好點子。

離開職場三十多分鐘，就回到了位於目黑區的自家公寓。松田的住處位於五樓中間左右，兩房兩廳，平日夜裡回家的時候，總是只有那一戶的窗戶一片黑暗。結婚時搬進來的家，原本是打算當成有孩子之前夫妻暫時的居所。因為當時流經附近的目黑川吸納了無數的生活廢水，環境實在稱不上好。後來河川淨化工程持續進行，飽受當地居民詬病的惡臭也減輕了，然而松田家卻沒有增添家庭新成員。然後對妻子來說，暫時落腳的居所，就這樣成了人生最後的居所。

每次查看油漆剝落的信箱，走進面板燈號模糊的電梯，松田就後悔不已：為什麼沒有讓她住在更好的地方？妻子的人生，就只有短短的四十七年啊！

打開玄關門，走進漆黑的室內時，他想起自己接下靈異採訪的案子，忍不住浮現自嘲的笑。世上根本沒有什麼幽靈，這件事松田再清楚不過。因為他自己就不斷地尋找妻子的亡魂。即使看不到身影，光是感覺就好了，松田不停尋找妻子還在附近的徵兆，像是夜晚回家時走過來迎接丈夫的拖鞋聲、在客廳一個人喝酒時浴室傳來的水聲、半夜醒來時從身旁傳來的安詳呼吸聲。

住處保留著妻子還在時的樣貌。客廳角落的寫字几、衣櫃裡的衣服、戒指、玻璃筆、茶具組，妻子珍愛的物品，沒有一樣丟掉，悉數保留。生前的妻子，只要看到世上可愛的物品或美麗的景象，總是會眼睛閃閃發亮。爲了讓她隨時都可以回來，並且在回來時不會因爲心愛的物品不見而傷心，松田做好了迎接她的準備。剛死別的時候，他總是覺得妻子還在家裡，但這樣的感覺也隨著時間經過，不知不覺間消失了。然後妻子去了某處，再也沒有回到松田身邊。

把買回來的便當袋子和罐裝啤酒放到廚房桌上，招呼「我回來了」，裡面房間佛壇上的妻子遺照對他微笑。

松田用免洗筷味同嚼蠟地吃著便當，感到奇妙極了。如果人根本沒有什麼靈魂，不相信有靈魂在陽世徘徊，那麼人們在故人的墳墓或遺照前低頭膜拜時，是在對什麼傾訴？

這天晚上，松田看了深夜的新聞節目，借助威士忌的力量上床了。睡意開始覆蓋意識時，客廳的電話響了。看看枕邊的時鐘，凌晨一點三分。這要是還在報社的時候，他一定會跳起來接電話，但現在已經沒必要那樣孜孜矻矻了。松田決定賴在剛開始變得溫暖的被窩裡。如果是編輯部的緊急聯絡，BB CALL應該很快就會響了。

鈴聲結束，答錄機功能開啓，錄音時間默默無聲地過了三十秒，電話掛斷了。是惡作劇電話吧。

即將落入淺眠之前，松田沉浸在新婚當時的回憶裡。感覺有妻子陪伴的這間狹小的臥室就是全世界的那段時光。覺得只要緊緊擁抱，兩人的身體就會合而爲一的年輕歲月。

2

隔天一早，松田前往集合地點的三鷹車站，吉村正在驗票口等他。這名運動健將型的攝影師資歷相當特別，直到一年前都還在同一家出版社的女性時尚雜誌負責拍攝模特兒。松田問他爲什麼轉換跑道投身報導，吉村說「我覺得這邊比較適合我」。吉村說，雖然都叫攝影師，但拍攝對象不同，就形同截然不同的另一門專業。

「報導才適合我。」吉村滿懷熱忱地說，但接著透露出一絲不捨，「雖然女人眞的很美，拍起來很愉快。」

在驗票口迎接松田的吉村，即使要採訪的是靈異事件，依然興致高昂。他笑容滿臉地扛起沉甸甸的攝影袋，「那麼，出發去找幽靈吧！」

「要好好拍啊。」松田回道，「發揮你在時尚雜誌鍛鍊出來的本事。」

第一個採訪地點，是位於住宅區的住家大樓。松田看著隨身版地圖走著，一旁的吉村說，「之前我在雜誌上看到社會學家的說法。」

「社會學家？」

「對。幽靈或超能力這類題材會變得火紅，好像是反映了對社會情勢的不安。像七〇年代的超常現象熱潮，不是也剛好遇到越南戰爭、石油危機那些大事嗎？」

「是啊。現在正値世紀末，泡沫經濟也崩壞了嘛。」松田隨口附和。這表示有許多鬼故事流傳的英國和日本兩國的國民總是處在不安當中吧。

他們要去的大樓位在玉川上水附近。一看就是中產家庭會選擇的平凡無奇集合住宅。搭電梯上去三樓，按下投書地址那一戶的門鈴，門立刻開了。裡面出現的是一名濃妝豔抹、年紀和松田差不多的婦人。她一身像是名牌貨的服裝，懷裡甚至抱著波斯貓。

「我是昨天致電的《女性之友》人員。」

松田和吉村自我介紹，婦人滿面喜色地說，「我正在等你們，請進請進。」記者和攝影師被領進客廳，以高級茶具被招待剛沖好的咖啡，聽了一大串對他們任職的月刊雜誌的稱讚。

「那麼，太太，」松田小心別壞了受到矚目而喜上雲霄的對方的興致，溫柔地切入正題，「您說入夜以後，沒有人的房間就會傳出聲響？」

「對啊，眞是太可怕了。啊，登出來的時候，要幫我匿名喔。叫『主婦A』怎麼樣？」

「沒問題。」

吉村舉起愛用的尼康相機，想要拍證人的側臉，主婦A立刻把臉轉向鏡頭微笑，吉村不小心按下快門了。

「傳出聲響的是哪間房間？」

「每一間房間都有。有東西沙沙動來動去的聲音，或是掰開免洗筷那種聲音。」

松田猜想有可能是小孩子三更半夜偷吃杯麵，但沒有說出口。「那麼，方便參觀一下其他房間嗎？」

「當然可以。」主婦A放下貓站起來。

客廳旁邊是廚房兼飯廳，其他還有兩間房間，一間是主臥，另一間是兒童房。吉村得到同意後，四處拍攝兩個房間。每間房間採光都很棒，感覺拍不出像是有幽靈出沒的陰森照片。

主婦A興致勃勃地看著職業攝影師工作的樣子，「可是，我知道那是什麼。」

「意思是……？」

「我知道那鬼怪的來歷。」採訪對象壓低了聲音，彷彿害怕被幽靈聽見。「隔壁鄰居說，我們搬來之前，這裡住著一個生病的小孩。我猜是那孩子過世了，只有他的靈魂被留在這裡。這個推理如何？」

正在苦惱這該怎麼寫成稿子的松田，對主婦A豐沛的想像力感到佩服。只要當成是居民的談話內容，也不算撒謊。「眞是太精彩的推理了。」

「就是吧？」主婦A得意洋洋。

這時吉村插嘴，「不好意思。」攝影師表情莫名嚴肅地問，「你們有沒有聽到怪聲？」

「怪聲？」

「你們聽。」吉村小聲說。

松田和主婦A閉口，豎起耳朵對著主臥。確實就像吉村說的，半開的門內傳出像在扒抓什麼的聲音。

主婦A臉色蒼白，「就是那聲音！」

松田和吉村對望。主臥沒有人，這件事才剛確認過而已。兩人躡手躡腳前往門口，迅速對望達成默契。吉村舉起相機，做好拍攝準備，松田隨即推開房門。兩人朝聲音的來源望去，只見貓正在床底下磨爪子。

記者和攝影師同時大嘆一口氣。

「啊，小咪，不可以！」主婦A衝進主臥。

松田問搭檔，「社會學家會怎麼說？」

吉村回答，「說是貓幹的好事吧。」

第二個採訪地點，是位於練馬區的私立高中。才剛開始就已經疲累不堪的松田想搭計程車，但考慮到少得可憐的採訪經費，不得不搭電車移動。

途中BB CALL響了，他從車站的公共電話回電給編輯部，井澤總編接聽說，「阿松，你是第一次採訪靈異題材嗎？」

「對。」

「傳授你一招，採訪靈異題材有個訣竅。等到一堆人聚集在現場，就大喊：『出現了！』」

「出現了？」

實驗的機會很快就來了。

抵達採訪的高中後，如同約訪電話中說好的，投稿學校鬧鬼情事的學生在後門等待。是高二女生，帶了三個朋友助陣。

她們說，操場角落的舊廁所裡面會出現女生的鬼魂。聽說以前有學生在那裡自殺，平常不會有人靠近。

實際被帶到現場，那處被空心磚牆圍繞的廁所從外面看進去，隔間和小便斗並排的通道深處一片黑暗，感覺就像會出現什麼鬼怪。但因爲是利用午休時間採訪，不知不覺間圍了一大群學生，開始有人在吉村的相機前擺出勝利手勢。

「喂，你們不要鬧。」吉村平和地要求讓開，卻毫無效果，應該鬧鬼的廁所前萬頭鑽動，熱鬧非凡。松田認定這樣下去沒完沒了，迫不得已望向廁所大喊，「出現了！」

結果看熱鬧的女生短促地尖叫，男生也發出低沉的驚呼。「看到了，對吧？」「是一個穿制服的女生吧？」眾人議論紛紛，松田得到了大量的目擊證詞。

下午的課開始了，學生回去教室後，松田訪問一路觀看採訪過程的教師。「這間廁所呢，」教師坦承，「以前學生都會蹺課聚集在這裡，所以爲了避免不良學生靠近，前任副校長編出了這樣的鬼故事。不好意思啊，驚動你們了。」

第三個採訪地點同樣在練馬區，是一座遊樂園，但這裡也完全撲了個空。投書畫了園內地圖，甚至在據說鬧鬼的地點畫了箭頭，然而實際前往一看，那裡是「鬼屋」。

松田和吉村無力地在畫有恐怖幽靈圖案的招牌前站了半晌，爲了愼重起見，向售票口的中年男子攀談。

「我們聽說這裡鬧鬼。」

「廢話，這裡是鬼屋啊。」負責撕票的男子困擾地說。

松田追問，「我們收到的投書說，傍晚一個人過來的女客，進去這裡之後就再也沒有出來了。」

「該不會那個女鬼在這裡打工吧？」

透過截至目前的採訪，松田漸漸學到鬼故事誕生的基本原理了。誤認事實、編造、來自恐懼的集體心理，或無憑無據的流言。

儘管認為第四起採訪也只會讓人虛脫，但松田還是帶著吉村前往下北澤。

指定時間的下午四點，兩名投稿者出現在下北澤站的驗票口。是拍攝八釐米影片的大學生，和寄來靈異照片的四十歲主婦。兩人看上去都很老實樸素，彼此寒暄的態度很生硬，看起來確實是第一次見面，感覺不可能是聯合串通起來的惡作劇。這麼一來，結論就只有一個，底片會拍到奇妙的東西，是因為攝影機相機故障等原因，只是碰巧發生在同一個平交道，所以看起來才會像是靈異現象吧。

總之，松田只想快點結束這愚蠢的工作，帶著他們進入車站。面對箱根方向的下行月台前端，就是大學生拍攝八釐米影片的地點。實際站在那個地點，儘管是傍晚時分，卻能一清二楚地看到約兩百公尺遠方處的三號平交道。剛好有行人穿越平交道，可以看出大小和影片中的神祕人影差不多。

「我站在這裡，像這樣舉起攝影機。」大學生一手拿著實際使用的小型八釐米攝影機，重現當時的狀況。「我沒有三腳架，所以靠在柵欄上，減少攝影機動晃。」

拍攝證人模樣的吉村問，「我可以看一下嗎？」他從大學生手裡接過攝影機，細細端詳。「對焦是設無限遠嗎？」

「對。」

「底片是正片嗎？」

「沒錯。」

吉村也問了主婦攝影器材。主婦說用的是小型相機，底片是「相機行買來的一般底片」。

松田聽著這段對話，這才想到吉村也是重要的採訪對象。職業攝影師對那段八釐米影片和照片有什麼樣的看法？晚點必須問問他的意見。

松田繼續訪問兩人，仔細詢問拍攝當時的狀況。

主婦三個月前剛搬到這一帶，她的母親來新居做客時，她帶母親到附近走走，拍了那張照片。大學生則是到處拍攝八釐米影片，準備給鐵道社團的朋友看。兩人異口同聲強調，拍攝的時候，平交道上沒有看到任何可疑的東西。在底片沖洗出來之前，都完全沒有發現異狀。

主婦害怕地說，「那張照片，能不能請你們幫忙處理？留在身邊實在怪可怕的。」

「我們會妥善處理。」松田爲了讓對方安心而這麼說，同時覺得至少這名主婦應該沒有撒謊。松田轉向吉村確認，「有可能因爲相機故障之類的原因，導致只有行人的下半身沒拍到嗎？」

「不可能。」吉村當下回答。

「眞的嗎？」

「可能性是零。」

松田內心困惑著，轉向採訪對象，繼續訪談原本的靈異主題，「那麼，您聽說過那座平交道鬧鬼之類的事嗎？」

「沒有，可是——」主婦說到一半，沉思起來。

「可是？」松田催促下文。

「我好幾次半夜聽到電車拉響警笛，緊急停車。我只是在家裡聽到聲音而已，不知道發生了什麼事。」

應該是人身事故吧，松田想。

大學生說「我不是住這一帶，所以不清楚」，但最後提供了鐵道迷才知道的情報，「在鐵道的世界，意外地有很多鬼故事。」

「因爲很多自殺？」

「這也是一個，不過在日本，明治時代的文明開化時期，一口氣鋪設了大量鐵路，不是嗎？當時政府強勢收購用地，鏟掉了不少墓地。」

「也就是說，鐵路經過的土地，原本是墓地？」

「沒錯，很多路線都是這樣。而且沒有地下化，也沒有建高架，所以有很多平交道。東京的平交道數量跟外國的都市比起來，多達十倍到百倍。」

「咦，相差這麼多嗎？」

行人與電車接觸的地方這麼多，人身事故的數量會增加，也是當然的吧。

結束採訪，送兩人去驗票口時，松田詢問是否能用實名出現在文章裡。主婦和學生都要求匿名，若要刊登照片，希望用黑線蓋掉眼睛，遮住相貌。松田已經完全捨棄這是惡質惡作劇的可能性了。從兩人低調的態度，看不出任何惡作劇取樂的人會有的那種想出風頭的動機。

與兩人道別後，松田留在傍晚人開始變多的驗票口，問攝影師，「吉村，你大學讀的是攝影系吧？」

「對。」吉村點點頭，客氣地微笑補充，「別看我這樣，畢業作品我拿到了系學院長獎。」

「從你專家的角度來看，那個八釐米影片和照片是怎麼回事？是假的嗎？」

吉村在腦中整理了一下想法才開口，「先說照片——」

「拍到那個長髮女人的照片？只有上半身的。」

「對。若要製作那樣的照片，從技術上來說是可行的。不過需要相當齊全的設備，而且必須大費周章。若問剛才那位太太有沒有辦法做到，我是相當存疑。」

松田也同意。

吉村的表情更陰沉了一些，接著說，「問題是八釐米影片。」

「那團像模糊的霧氣的東西？」

「對。」

「那不是底片的刮痕之類的嗎？」

「不，如果影片使用的底片有傷痕，看起來會是一直線，不會像那樣只限於畫面的一個部位。還有一點，整個畫面的焦點是清楚的，卻只有平交道上靜止的物體是模糊的，這在光學上也是不可能的現象。」

「既然如此，會不會是事後用其他影像合成的？」

「這也不可能。那團奇妙的霧氣，上方就像頭髮一樣比較黑，對吧？但黑色就表示底片沒有接收到光線，因此就算想要利用多重曝光合成，也會透出後面的背景，黑色不會保留下來。」吉村的表情嚴肅至極，不像在唬松田。「更決定性的一點是，那是手持攝影機拍下的影片。要配合不規則晃動的影像，在顯影前的正片加上其他素材合成，技術上是不可能的事。沒有人做得到這種事。」

松田目不轉睛地看著報導攝影師，「那，簡單來說，就是怎麼回事？」

「我不知道那是不是鬼，不過——」吉村以謹慎的口吻提出結論，「拍攝那個平交道的八釐米影片，拍到了無法解釋的東西。」

松田走下車站南側的商店街，心想狀況眞是愈來愈離奇了。八釐米影片拍到的短短數秒的神祕物體，到底是什麼？

松田和吉村決定等待太陽完全西沉後，實際前往三號平交道一探究竟。兩人都同意在那之前先吃晚餐。松田走下從站前拖沓延伸而出的坡道，尋找合適的餐館。

他好久沒來下北澤的市區了。狹小的巷弄錯綜複雜，分不出哪裡是主道，哪裡是巷弄。這樣的街道兩側，小商家擁擠地並排著。由於正值年底，聖誕音樂充斥街頭，到處都是上居酒屋的學生和上班族，以及出門採買的當地居民，相當熱鬧。但是和松田前來採訪街頭新聞的十五年前相比，低俗的感覺似乎淡化不少。以前就在鐵路旁的色情電影院和開在商店街中央的夜總會消失，過去曾有許多流鶯攬客的車站南口周邊，也開了新的便利超商和錄影帶出租店，印象變得整潔許多。街道樣貌惡俗的一面被抹去，結果原本充斥各個角落的無節操能量似乎也跟著一起消失了。走在感覺也像是盛極漸衰的街道上，記者和攝影師穿過在巷子裡發現的小餐館短簾。

松田在吧台坐下，趁著還沒有其他客人上門，向正在煮菜的老闆採訪，「我們在調查後面那條路再過去的平交道。」

「調查什麼？」老闆被雜誌記者的話勾起好奇。

「那裡有沒有什麼奇怪的傳聞？像是鬧鬼這類超自然的事。」

「大冬天的，在調查鬼故事嗎？」老闆笑了，「沒聽說過呢。不過倒是聽人提過常有電車在那裡緊急停車。」

「緊急停車？」拍到靈異照片的主婦也提到一樣的事。

「這一年左右吧，聽說電車常在那裡停下來。」

「是事故嗎？」

「不清楚，我不知道詳情，不過聽說有人死掉。」

「哦？」

有人死，加上列車緊急停車，認爲是發生人身事故應該很合理。松田出於前報社記者的習性，決定這次採訪必須調查過去一年發生的事故，尤其是是否有人跳軌自殺，但立刻感覺到靈異報導才會有的奇妙不協調感。

在一般採訪中，追查事實來證明推測是鐵則。但這次的靈異報導，若是查到眞的發生過人身事故，就會出現「靈異照片上的女子是死於鐵路事故的女子冤魂」這種實際上不可能、每個人卻都會認同的情節。

要寫出這種內容的稿子，松田感到抗拒，但他轉念認爲應該拋棄漫長的報社記者生涯所養成的一板一眼。只能切割清楚：這就是靈異報導，這才是大部分讀者想要看到的內容。

松田和吉村匆匆吃過飯，看天色暗得差不多了，離開小餐館。小餐館所在的地方是鬧區邊緣，從這裡穿過住宅區，應該就是三號平交道。

兩人對照地圖爬上狹窄的坡道，路燈的數量銳減，街道的喧囂也在背後遠去。陰暗的夜路兩側，不是占地寬廣的透天厝，就是外表時尚的集合住宅。很快地，松田在坡頂轉角停步，低頭看了看地圖，望向右邊，結果平交道倏忽映入眼簾。

「是那個嗎？」吉村說。

下北澤三號平交道與二線道馬路交會，軌道旁設置了警報機和遮斷機，還有漆上黃黑條紋的遮斷機。若是單看外觀，只是座平凡無奇的平交道。

吉村從相機袋裡取出尼康相機，拍了幾張照片。這段期間，警報機開始作響，電子標誌的箭頭告知下行列車靠近了。

松田走到遮斷機的棒子前方，查看周圍。下行的箱根方向小住宅林立，但對側的下北澤站方向卻是一片開闊。因爲直到下一個平交道的區間是一片深沉的窪地，其中築起了讓鐵軌通過的土堤。

等待下行列車通過後，松田和吉村過了平交道，去到軌道另一邊查看。馬路在下北澤站的方向直角轉彎後變成下坡，朝窪地底部延伸。下去之後，路寬以水窪的形狀擴展開來，呈放射狀伸出四條路。在靠近新宿的稠密都市地區裡，只有這一帶景觀空疏，相當難得。

警報機的紅燈再次開始閃爍。往箱根方向望去，因爲是急彎，視野受到阻隔。而且軌道朝三號平交道往下傾斜，感覺要讓列車緊急停止，相當困難。

松田猜想容易發生事故的，是不是這條上行線？緊接著就發現了重要的線索。平交道旁邊立放著一塊告示板，寫著「死亡事故發生地點」。這裡果然發生過人身事故。

吉村也注意到告示板，低呼了一聲「噢」，打了閃光燈拍照。

松田從口袋取出靈異照片，和眼前的景象比對，他很快就找到主婦拿相機的位置了。他要吉村站在平交道裡面實驗，確認浮現在照片背景的女人，極爲正確地重現了實際的人類大小。如果這是合成照，有辦法如此嚴密地配合縮尺嗎？這個疑問湧上心頭。

「多拍幾張平交道裡面。」松田交代攝影師，「或許可以拍到幽靈。」

「我第一次接到拍靈異照片的案子耶。」吉村一臉困惑地舉起相機，但眼睛立刻從觀景窗上移開，「焦點要對哪裡才好？」

「軌道中央吧？」

「就算拍到的幽靈失焦，也不要埋怨喔。」說完後，吉村認眞拍照了好一陣子。

因爲才剛入夜，許多下班行人經過平交道。其中也有人停下來避免擋到吉村拍照，松田趁機打聽人身事故，但沒有人知道事故詳情。

這若是命案調查，就可以更深入地在周邊採訪，但要問的是靈異現象，實在教人遲疑。要是到處打聽，「有沒有在這裡撞過鬼？」松田自己就成了流言發源地，鬼故事會傳播到整個地區。那麼，這個報導該如何收尾才好？「記者在現場發現了『死亡事故發生地點』的告示牌！」松田覺得這樣寫應該就夠了。

最後記者和攝影師一起從馬路走到窪地底部，從低窪位置仰望三號平交道。被常夜燈照亮的平交道，就像是聚光燈投射的無人舞台。在那裡，每天夜晚都有死亡世界的舞孃登台演出嗎？

吉村架起三腳架，關掉閃光燈，拍攝平交道的遠景，結束了這天的採訪。

離開澀谷站，和吉村道別後，松田鞭打著疲憊的身子前往書店，買了幾本怪談類書籍。是爲了學習怎麼寫靈異報導。這是他第一次買這種書，完全沒頭緒會擺在哪一區，還得問店員才找得到。令人驚訝的是，就放在「宗教」類旁邊。

某本書的宣傳詞是「信不信由你」、另一本書寫著「無論你信不信」。松田恍然大悟：確實跟宗教沒兩樣。

回家泡過澡，換上睡衣，在打開煤油暖爐暖烘烘的廚房兼飯廳坐下來。餐桌上堆著剛買回來的書，但他累壞了，連拿起來的力氣都沒有。

將幾支菸燒成灰燼的期間，室內的聲響，就只有時鐘的鐘擺刻畫時間的聲音。這座古色古香的大落地鐘，是鐘表師傅的父親的遺物。松田的父親在長野縣的湖畔小鎮做了一輩子的鐘表，隨著石英鐘表的普及退休，就彷彿追隨先離世的母親，在六十五歲撒手人寰。生性寡默的父親從來不用說的教導孩子任何事，只是展現自己工作的身影。連一顆小螺絲都絕不輕忽的態度，明確地傳遞出「工作絕不能馬虎」的教誨。

松田嘆了口氣，揉熄香菸，督促自己「這也是工作」，伸手拿起堆在桌上的資料書籍最上面一本。是網羅了從超能力到幽靈，介紹一切超自然現象的書籍。

他隨意翻閱了一陣，找到了令人感興趣的記述。上面說有一種現象「念寫」，是利用超能力，在未感光的底片顯像。松田尋思，能不能用這所謂的念寫來解釋那張奇怪的照片和八釐米影片？因為對他來說，比起靈異現象，超能力還比較能夠接受。

他在擔任報社記者時，曾經從相當可信的消息來源那裡聽說過，日本有許多大企業，還有郵政省、防衛廳等中央政府機關都曾經研究過超能力。研究目的各有微妙差異，私人企業想要解開未知的物理現象、郵政省想要利用心電感應通訊、防衛廳則是想將超能力運用在軍事上。結果有某家汽車公司成功地在實驗中重現了被稱為人魂或鬼火的怪光。無論如何，無庸置疑的是，既然這類機關會挹注預算持續研究，代表已經得到了某些證明超能力存在的證據。

吉村說只有八釐米影片在技術上無法解釋，不過有沒有可能，其中有這類未解明的力量在作用？也就是攝影師或是附近某人的超能力直接對底片發生作用的假說。這個解釋依然不出超自然的範疇，不過是以活人的能力來解釋，因此還是比拍到死者靈魂更令人信服。不過就算加上這種近乎強詞奪理的假說，讀者看了是否會覺得精彩，又是另一個問題了。

松田正想著這些，電話響了起來，把他嚇到差點跳起來。他苦笑著「有什麼好怕的」，拿起放在牆邊的電話話筒，是還留在公司的吉村打來的。

「照片洗出來了。暗室裡眞的很可怕。」

「拍到什麼了？」

「沒有，沒拍到任何奇怪的東西。」

不出所料的結果。松田先聲明「關於那個八釐米影片，我有個想法」，提出他的「念寫假說」。結果吉村默默想了一下，不留情面地說，「不可能呢。」

這個答案對松田來說出乎意料，「爲什麼？」

「首先，假設念寫這種超能力，是穿透相機本體，直接作用在底片。這樣一來，會讓底片感光過一次，所以應該會變成以我們的攝影術語說的『受光』狀態。念寫的能量並未穿過鏡頭，因此不會凝結成像，只會斷續留下不清楚的光的痕跡，不會形成那樣的影像。那麼，接下來假設超能力沒有穿透相機本體，而是和一般的光一樣，只穿過鏡頭。若是這樣，等於是超能力循著穿過鏡頭的光一樣的軌跡進入，因此發揮超能力的人，一定也會被拍進畫面才對，可是那些影像沒有拍到這樣的人吧？」

「確實。」

「啊，可是——」吉村忽然換了副口吻，彷彿突然想到了什麼，「這樣啊，我剛才說著自己想到了，如果那是幽靈的話，一切都說得通了。」

「什麼意思？」

「今天採訪的兩人都說拍攝的時候什麼都沒看到，對吧？也就是說，幽靈並非實際現身，而是發揮類似念寫的超能力，把自己的身影烙印在底片上。所以人的肉眼看不見。」

松田覺得這段話可以用在稿子裡，把吉村的解說抄寫在電話旁邊的便條本上。「結果那是靈魂造成的嗎？」

「依邏輯來看的話，會是這樣。可是我這話幾乎是說笑，請不要當眞喔。總之，如果要解釋那支神祕的八釐米影片，不管怎麼樣都必須依靠超自然的力量。」

「只要寫出來的稿子有趣，什麼都可以。」

松田向吉村感謝他提供了絕佳的內容，掛了電話。

他回到放著威士忌和冰塊的餐桌，沒勁地繼續翻書，但漸漸被書中據說是眞實發生的撞鬼經驗給吸引了。

深夜從計程車裡忽然消失的年輕女子。

古老的旅館客房裡，向入睡的住客說話的自殺者亡魂。

傳統老屋的倉庫裡，每晚彼此對話的兩顆首級。

書中的證人陣容甚至包括了知名文豪，眾多逼真的記述內容，讓松田也不禁開始遍體生寒了。他甚至開始覺得房間角落站著一個亡靈，正注視著自己。看來在相不相信的知性功能之外，人類精神根源的部分，潛藏著恐懼超自然怪異現象的本能。否則人們不應該會害怕夜晚的墓地。

將杯中的酒灌進喉嚨裡，暖和凍僵的身體後，松田試著從中立觀點重新審視。他想到的是，爲何不分古今東西，有這麼多遇到死者的紀錄？現代的日本幽靈會搭計程車，但是在汽車發明以前，就有幽靈乘上馬車或人力車。靈異照片也是，在攝影技術開始普及的百年前就已經出現了。這些證詞，眞的都可以用造假、錯覺、幻覺來解釋嗎？或者眞的有人成功見到死者了？

松田從書本抬起頭來，環顧圍繞著餐桌的三個空位。他是在試著想像，應該已經離世的妻子和父母或許就坐在眼前。當然，他看不見他們，但腦中浮現實際發生過的昔日情景。曾經，父母還有妻子三個人一起坐在這裡。是松田的父母來到東京，拜訪結婚的獨子新居時的記憶。在父母面前，松田對於娶得嬌妻還感到驕傲及靦腆。妻子和婆婆和睦地在廚房忙碌，平日寡言的父親也難得變得多話，大快朵頤女性精心準備的佳餚。但是如今飯廳沒有熱鬧的話聲，聽見的只有鐘擺刻畫時間的聲響。

他們都去了哪裡了？松田思考。接著他發現自己甚至連生物學上的死亡都並未正確理解。他怎麼樣都無法相信死去的人消失得無影無蹤，只覺得他們一定是去了不同的另一個世界。

松田想，如果他們能夠回來這裡，不知道會有多麼地令人感到安慰。就算是幽靈也好，如果他們能一起坐在這張餐桌的話，那該有多好。

不可能實現的願望，片刻間撫慰了無處排遣的寂寥，但立刻被悔恨所取代了。爲何他們還安好的時候，自己沒有發現那有多麼地可貴？明知道永恆的離別遲早必定會到來，爲何沒有更加珍惜相處的時光？他開始覺得，自己會被拋棄在孑然一身這種難以承受的現實，也都是沒有好好珍惜家人的報應。

電話響了。松田重重地嘆了一口氣，逃離揪緊心胸的悔悟。他慵懶地起身，走到電話機前，發現牆上的大鐘指著一點三分，停住了手。這時間太晚了，不可能是吉村打來的。

這麼說來，松田回想起來。昨天同一時刻，電話也響了。如果是惡作劇電話，得好好罵對方幾句，要他住手。

松田拿起話筒，不悅地開口，「喂？」對方默不作聲。似乎是專找女人的住處打惡作劇電話，結果接聽的是個上了年紀的男人，嚇到了。松田本想教訓「也不想想會給人添麻煩」，但立刻察覺異樣的氣息，倒抽了一口氣。聽覺捕捉到黑暗。電話線路的另一頭，彷彿一片無光也無聲的虛無空間。

他在沒有意識到的情況下拉長了耳朵細聽，搜尋話筒另一頭的黑暗世界，它的深底浮現一縷幽微的聲音。那是一種異樣的聲音，幾乎要消失，但因爲微弱不穩定，因而喚起聽者強烈的恐懼和警戒。是年輕女人苦悶的呻吟。

松田反射性地放下話筒，後頸的汗毛全豎起來了。那宛如瀕死的痛苦呻吟不是裝出來的，是只有眞正垂死的人才有辦法發出的聲音。

松田兩眼圓睜，直盯著電話機好半晌。在撼動現實感的暈眩之中，腦海浮現一名女子的身影。平交道上只有胸部以上浮在半空的長髮女子。怎麼可能？難道……強烈的否定與恐懼的疑心彼此激盪。松田連忙縮回摸著話筒的手。要是電話再次響起，他沒有勇氣接起來。

在背後，落地鐘的鐘擺隔著一定間隔，不斷地刻畫著時間。

松田怔立原地良久，但電話沒有再次響起。

3

隔天松田過了中午才去出版社。睡眠不足，讓他的頭沉到不行。前晚他不敢熄掉臥室燈，遲遲無法入睡。

松田一進編輯部，一看到任何與工作有關的人，就問有沒有半夜打電話給他。因爲如果那是有人惡作劇，一定是知道他開始採訪靈異報導的人。但得到的答案都是「沒有」，他們的表情也看不出裝傻的樣子。結果松田無法拂去盤踞在心底的悚懼，展開了今天的工作。

首先是電話採訪。拿起話筒時，他想到昨晚的事，背脊一陣發涼，但他振作起來，按下鐵路公司的電話號碼。

他對公關部門的負責人報上身分「敝姓松田，是《月刊女性之友》編輯部員工」，提出想請教下北澤三號平交道的事故。

結果對方說，「我們沒有針對特定平交道做統計。我能提供的，只有全線各年度的事故數字這類粗略的數字。」

公關人員的口氣聽不出刻意隱瞞的樣子。

「如果您需要更詳細的資訊，請聯絡下北澤站。因爲處理事故的是那裡的站務員。我告訴您那裡的電話號碼。」

「謝謝。」

松田抄下對方說的下北澤站電話號碼，重新打過去。先是一名年輕站員接聽，很快地轉給高齡男性站員。對方自稱三浦，從那老成持重的聲音聽來，或許是站長。

松田提出和剛才一樣的問題，三浦回答，「三號平交道最近沒有人身事故。」

「眞的嗎？」松田緊咬不放，「我想請教這一年左右的狀況。」

「這一年的話，確定沒有任何事故。我從兩年前調到下北澤站，如果出過什麼事，一定會記得。」

「那，平交道旁邊有塊『死亡事故發生地點』的告示牌，那又是怎麼回事？」

「那不是我們放的。」

這個回答出乎意料，「那是誰放的？」

「應該是區公所或警察爲了提醒用路人注意才放的吧。三號平交道早上有很多行人。」

「如果不是這一年的話，就發生過事故嗎？」

「應該吧，畢竟我們公司創業都超過七十年了，這段期間，經過每座平交道的列車數目都超過一千萬了。不只是三號平交道，任何一座平交道，應該至少都發生過一兩回人身事故。」

被對方這麼一說，也不得不信服就是如此。「那麼，再一個問題就好。我聽說電車經常在那個平交道附近緊急停車，這是怎麼回事？」

「哦，這件事啊。」三浦似乎明瞭了，「過去一年來，發生過多起有人闖入平交道，電車緊急煞車的事件。大概有六起吧。上上星期的深夜也發生過一次。」

「沒有造成事故，是吧？」

「對，幸好無人受傷。當然，也沒有死亡事故。」三浦的聲音滲透出對安全措施滴水不漏的自信。

松田鄭重感謝對方協助採訪，掛斷電話。他在腦中整理問答內容，遇到了實在難以釋懷的部分。那座平交道過去兩年都沒有發生過人身事故，然而電車緊急煞車的狀況卻集中在這一年。他不明白後者的闖平交道事件該如何解釋。這並不是什麼特別奇妙的現象，可以從靈異報導中剔除嗎？

尋思了好一會後，松田轉念決定首要之務，是查出平交道的死亡事故。他取出舊兮兮的隨身版地圖，打開世田谷區那一頁，尋找最靠近下北澤三號平交道的警察署。

離北澤警察署最近的一站，是只有各站停車的列車會停靠的小站。

傍晚時分，松田下車來到月台，回想起當年駐守在警視廳記者俱樂部，亦即他還是社會記者的年輕時日，沉湎在懷念的情緒裡。當時他還是單身，即將邁入三十大關，連日連夜追蹤發生的罪案，在警視廳轄下多達上百處的警察署四處奔波。

北澤署也是其中之一，包括後來的機動記者時代，他來過好幾次。不過這裡的管區只有閑靜的住宅區，在都內的警察署當中，規模也算是小的，是分為A到D級的警察署中的C級署，刑警課的偵查人員有三十名左右。今晚的工作，就是從裡面找到感覺能問出線索的刑警，但北澤署也有調動和退休等人事異動，能不能遇到老相識，頗為微妙。

松田忍受著寒冷，在站前的長椅一屁股坐下，望著結束一天工作的上班族踏上歸途。其中有幾個人，一看就知道是刑警。明明體型像勞工，卻穿著西裝，頭髮理得短短的，又一臉肅穆，那肯定就是刑警。雖然沒遇到認識的人，但第一道關卡過去了。有這麼多刑警準時下班，表示沒發生什麼需要成立搜查本部的重大刑案。若是遇到熟面孔，一定願意陪他聊個幾句吧。

待手表指針超過六點，松田經過站前的小商店街，一家家查看刑警經常光顧的居酒屋。穿過第三間的短簾入內時，燙酒區上了年紀的老闆娘招呼，「啊，好久不見了。」

「好久不見。」

老闆娘微笑著，似乎在爭取回想起客人名字的時間。光是還記得他的臉，松田就已經夠佩服了。距離他最後一次來這裡，應該已經超過十年以上了。

松田報出自己以前在這家店用的化名，「我多加啦。」

老闆娘的臉煞時亮了起來，「對對對，多加大哥。」

要是松田想打聽消息的刑警來店裡光顧，老闆娘就會打電話到報社，用這個暗號向他通風報信。因爲若是用記者的本名，可能會被周圍發現他和刑警暗通款曲。

「多加大哥還是一樣，就是多加大哥呢。」

「什麼意思？」

「就像個藝術家，一點都不像跑新聞的。」

松田回想起自己的疲憊邋遢相，笑了，「妳這話我就一半當成奉承嘍。」

「剩下的一半可以當眞。對了——」老闆娘環顧已經熱鬧起來的店內，「今天是來找哪位？船越先生的話，他已經退休了。」

「嗯，我接到他退休的通知了。」船越是以前很照顧松田，多次提供他寶貴消息的刑警。松田回想起資深刑警的臉孔，祈禱他退休生活過得幸福。「我可以看一下有沒有認識的人嗎？」

「請便。」老闆娘隨和地說。

松田穿過桌位之間，前往只有三張矮桌並排的小包廂，結果最裡面的包廂坐著面熟的刑警，不經意地瞥著這裡。松田拚命搜尋記憶的時候，對方似乎也想了起來。兩人在腦中將彼此的風貌倒轉到青年時期，幾乎同時抵達了遙遠的過去說：

「阿松嗎？」

「荒井大哥，一切都好嗎？」

松田回頭看老闆娘，用動作傳達找到要找的人了，走到荒井前面。舊識刑警正在和貌似部下的年輕男人對坐喝酒。

「方便打擾嗎？」

「當然。」荒井大聲說，用手勢示意對面座位。

松田脫下大衣，在坐墊坐下來，向旁邊的年輕刑警頷首。

「這小子是剛進刑事課的菜鳥。」荒井介紹，「他剛新婚，卻被我硬拖來喝酒，還要聽我訓話，很慘對吧？哈哈。」

荒井說著無聊的笑話，兀自發笑。是刑警共通的低俗幽默感。松田覺得回到了熟悉的自己的世界。

「你可以回去了。」荒井對部下說，「我要跟阿松喝酒敘舊。」

「喔……那麼我失陪了。」年輕刑警行禮起身，匆匆離開了。

「這些『新人類』，連裝一下客氣都不會，直接就跑了。」荒井不滿地說，重新轉向松田，「彼此都還活得好好的，太好啦。」

「是啊。」

這個年代的男人只要久違碰面，第一件事就是比較彼此的老態。臉部皺紋和贅肉不相上下，髮量松田略勝一籌，但老刑警抹了油的頭髮還很黑亮。

點了燙日本酒和小菜後，荒井問，「最後一次碰面是什麼時候去了？」

「荒井大哥在搜查一課的時候。那時我剛升上機動記者，好陣子都多虧荒井大哥照顧了。」

「二十年不見啦。時間過得眞快。這麼說來，我聽人說你現在已經不做機動記者，是編輯委員了？」

「不，我已經辭掉報社，現在在這裡。」松田遞出名片。

荒井接過名片，隔著老花眼睛瞪了雜誌名稱片刻，但沒有追問松田轉職的理由，說「你那張臉，做什麼《女性之友》？」接著又兀自發笑，「我還是老樣子，還在當刑警，而且卡在警部補上不去。」

也就是說，他現在的職位是北澤警察署刑事課的係長，是三人編制的偵查小隊隊長。「荒井大哥的話，不是一般的警部補，是指定警部補吧？」

「是啦。」

對方似乎聽出松田繞圈子的奉承了。優秀的警察官裡面，有些人執著於第一線的工作，拒絕成爲管理階級，停留在警部補的階級。這些人裡面，特別長於實務的警部補被列爲「指定警部補」，獲得與警部同等的薪資待遇。

現職刑警與前報社記者把杯歡談，沉浸在年輕歲月的回憶當中。在過去，兩者之間沒什麼壁壘，記者在警察署內是如入無人之境。當時還有日本媒體獨特的「夜襲晨攻」的採訪慣例，松田不分日夜，都會跑去警察住家打聽情報。相對地，刑警雖然覺得不勝其煩，但也在掂量記者的誠意與熱忱，只對欣賞的對象透露偵查資訊。

但是對松田來說，身爲記者最爲活躍的時期的記憶，卻也是折磨著自己的疑問。松田在警察幹部家陪對方夜間小酌時，新婚妻子正坐在自家狹小的飯廳裡，孤單一人吃著晚飯。沒有留下孩子，不到五十就過世的妻子，與自己結婚真的幸福嗎？這個問題一直沒有離開過松田的思緒。

「那，阿松，」眼神在酒意中徹底緩和下來的時候，荒井開口問，「今晚你是來做什麼的？既然都重溫舊好了，如果有什麼想問的，我都可以告訴你。」

喝到這時，也恢復不需要客套的情分了。松田單刀直入地問，「荒井大哥知道平交道的人身事故嗎？」

「平交道？哪裡的平交道？」

「下北澤三號平交道。」

「喔，那裡啊。」刑警立刻在腦中鎖定位置，「窪地邊緣那裡，是吧？」

「那裡立了一塊『死亡事故發生地點』的告示牌，是北澤署立的嗎？」

「應該是吧。早上很多行人，是必須特別注意的地點。」

「如果那裡發生過事故，是怎樣的事故？像是發生時期，尤其要是能知道有沒有年輕女人過世，那就太好了。」

「查事故就行了吧？」

「不只是單純的事故，包括自殺在內。」

「沒問題。」荒井一說完就站了起來，「轉移陣地吧。你去那裡等我。我去交通課的資料室查一下。」

松田覺得明天再查就行了，但還是很感謝荒井願意迅速行動，「多謝大哥。」

「不過事情辦完後要陪我啊。今晚咱們不醉不歸！」

「求之不得。」

松田決定今晚全部由自己埋單。

荒井指定碰頭的地點，是一家西式酒吧。松田在間接照明籠罩的昏暗店內等待，約半小時左右，荒井回來了。

「這陣子都沒事故啊。」荒木開口第一句就說。他在旁邊的高腳凳坐下來，向酒保點了波本威士忌後接著說，「最近一次事故也是十五年前了。而且跳軌的不是年輕女人。」

松田把手上的酒杯擱到吧台上，抵抗著醉意努力動腦。十五年前，這再怎麼說都太久了。靈異照片和列車急煞這些平交道的異狀都集中在這一年。如果原因是那麼久遠的人身事故，怪事發生的時期應該要拉得更長，否則就說不通了。到了這時，松田反省了一下自己是不是對這件事太認眞了。想要爲靈異報導找到背書的事證，實在錯得離譜吧。

「可是只要查事故就行了嗎？」荒井別有深意地問。剛才他離開居酒屋時，也說過一樣的話。

松田注意到他語帶玄機，抬頭問，「除了事故以外，那個平交道還死過人？」

「發生過命案。一年前。」

松田停下動作注視刑警，「遇害的是年輕女子？」

「沒錯。」

以前當報社記者的時候，只要遇到意想不到的資訊，他都會感覺到喜上雲霄的興奮，這時卻不一樣。就彷彿聽到了不該知道的事實，松田忐忑起來。但他還是鼓起身爲記者的勇氣問，「可以告訴我是什麼樣的案子嗎？」

「我就知道你會問。」荒井從手裡的中型包取出一本筆記本。是刑警各自的偵查筆記本。「案子已經破了，沒什麼不能說的。」

松田也連忙摸索外套口袋，掏出記事本和原子筆。兩人同時戴上老花眼鏡，荒井打開筆記本，說了起來：

「案子發生在一九九三年十二月六日，凌晨一點三分。消防接獲民眾通報，說發現不明女屍。」

「抱歉，我確定一下時間，是凌晨一點三分？」

「對。」

松田兩頰的汗毛都倒豎起來了。即使在昏暗的酒吧裡，似乎也能看出這樣的變化，荒井訝異地看著松田。後者在沒有意識到的情況下變成窸窣細語，用報社記者的行話問，「有死者照片嗎？」

荒井點點頭，取出夾在筆記本中的照片出示，「死在平交道的就是這女人。」

照片上是個約莫二十出頭的長髮女子。看到正面照的那張臉，一片寒意登時在松田的背部緩緩擴散開來。命案被害人和靈異照片的女人，雖然有正面和側面的角度不同，但明顯是同一個人。

「她是酒店小姐，好像也在賣。那張照片是她上班的店的宣傳照。」

松田微感欲嘔，但不是酒力的關係。他從照片別開目光，問荒井，「最近我常聽到這個『酒店』，跟夜總會不一樣嗎？」

「不一樣，酒店是以夜總會的收費，提供模仿銀座高級俱樂部服務的店家，名稱來自法文cabaret這個詞和club的合體（註）。店內有年輕小姐性感撩人地陪侍，但只是陪客人說話聊天，不提供性服務，法律上算是餐飲服務業。」

「那，你說這個女人也在賣，是在店外？」

「對。」

松田喝完用來清口的水，視線回到命案被害人的照片。照片上鵝蛋臉的女子，表情說不出地奇妙，但看著看著，松田發現那是一種不自然的假笑。嘴唇陰森地扭曲，不是緩和對方的情緒，只是徒然引人猜疑。如果不是從事正經職業，就會變成這種神情嗎？松田反而被那雙彷彿帶有魔力的迷茫眼神所吸引，開始感到強烈的不安：我沒事吧？靈異報導的前負責人遇到交通事故住院，接下採訪工作的自己，深夜在住處接到古怪的電話。

「發現倒地女子的，是一名下班回家的上班族——」

「等一下。」松田打斷刑警的話。他需要時間思考。命案被害人與靈異照片中飄浮的女人。怎麼會拍到同一個人？他想要解釋這個不可能的巧合，卻想不到任何答案。無奈之下，松田回到採訪的基本作業，提出問題，「這個女人叫什麼？」

結果荒井有些困惑地回答，「不知道。」

「不知道？」

「對，身分不明。查到的只有我剛才說的，她在酒店上班，甚至在賣身。她告訴店裡的名字是假名，案發當時住在哪裡也不清楚。沒有人知道這女人是哪裡的誰，她就只是『死在平交道的女人』。」

「指紋查了嗎？」

「當然，沒有前科或案底。」

松田過去採訪過多起命案，但不記得有任何直到最後都沒有查出被害人身分的案子。

「你不是說案子已經破了嗎？」

「對，凶手是黑道小混混，在平交道附近被抓了，是爲了強姦的隨機犯案。」

「後來嫌犯在被害人身分不明的狀態下被起訴？」

荒井發現記者的疑問，回答，「對，沒錯。偵查和審判都只要證明是抓到的人幹的就行了。至於被害人是誰，檢察官和法官都不在乎。因爲只要有驗屍報告，有人遇害的事實就不動如山。用『被害人姓名不詳，年約二十三歲，身高一六〇公分，女性』帶過就行了。死掉的是哪裡的誰都無所謂。」

松田感嘆，都到了這把年紀，居然還有他不知道的社會的冷酷。若要寫成報導，標題會

註：酒店一詞的日文爲「キャバクラ」（cabakura），爲日式外來語。一般也譯爲「日式酒店」。

是「魔性之女可悲的末路」嗎？

「對了，這起命案因爲被害人是年輕女子，起初媒體興致勃勃，但一發現死者是個妓女，立刻就像退潮般散去了。」

「我想也是。」

如果被害人是深閨千金，而且是個大美女，各家媒體一定會窮追不捨，持續追蹤報導。

「我從頭說起，行嗎？」

「請說。」

荒井望向手中的筆記本，準備隨時回應松田的問題，同時道出發生在三號平交道的命案全貌——

一九九三年十二月六日，凌晨一點三分。

一名參加尾牙返家的上班族，發現下北澤三號平交道前方有東西倒臥路面。從窪地底部遠遠地看過去的印象，像是一具白色的人體模特兒。然而隨著距離接近，上班族發現俯臥在路面的是眞人，驚嚇不已。一看就知道，女人並非單純因生病或受傷而倒地。因爲正值隆冬，女人卻只穿了件薄薄的細肩帶襯衣，雙腳什麼也沒穿，打著赤腳。

上班族連忙衝上坡道。女人就倒在平交道近旁，躺在北側的路面，右臂朝頭部上方伸去，就在遮斷機的桿子底下。

上班族一邊呼喊，想要搖醒女人，發現女人左胸下方全是鮮血，倒抽了一口氣。女人下巴也噴到了點狀的血花，渾身都是血。而且雙眼大睜，眨都不眨，即使他大聲呼喊，也沒有任何反應。上班族直覺人已經死了，但摸到的女人的肩膀還感覺得到體溫，便跑回窪地底部，用那裡的公共電話通報一一九。

叫救護車的電話，也同時被消防通報了警方，北澤署刑事課接獲「疑似發生不明死亡案件」的通報。此外，由於現場就在平交道旁邊，考慮到有可能是鐵路事故，也通報了交通課。

接下來短短五分鐘內，救護車、派出所警察、巡邏中的警車，以及來自北澤署的第一波人員都趕到現場了。

急救隊員立刻確認女人心肺停止，瞳孔放大。隊員原本打算進行心肺復甦術，但看到左胸的刺傷，遲疑著不敢進行壓迫，透過行動電話請求醫師指示。結果沒有進行心肺復甦術，緊急送往附近的醫院。

載著女人的救護車前腳剛走，第二機動搜查隊的偵防車後腳便到了。雖然尚未確定是刑案，但現場的警察官已經以命案爲前提展開行動。首先封鎖平交道周邊五公尺範圍，請第一發現者的上班族配合偵訊，並著手搜索現場附近。

機動搜查隊員西木巡查部長隸屬於世田谷分駐所，在發生於北澤署轄區的案子裡，被分配到第一順位的任務，亦即詢問相關人員。但北澤署的刑警已經開始對第一發現者問話，因此他和搭檔的渡邊巡查部長一起追查被害人的足跡。因爲女人的衣物滿是血跡，倒地的地點卻沒有血泊。一定是在其他地方受傷的。

女人是在哪裡受傷、又是怎麼移動到這裡來的？西木與渡邊考慮到有人開車把女人載過來棄屍的可能性，仔細搜索周邊路面。

結果兩人在從平交道往窪地底部前進約六公尺的位置發現滴落的血跡。在犯罪現場，這是被視爲被害人足跡的重要跡證。左胸受了刺傷的女人，是不是一邊流著血，一邊從窪地走到平交道？

西木請求出動警犬後，和渡邊一起謹愼地繼續追蹤血跡。每當兩人在路面發現點點延續的血跡，現場保存的範圍便隨之擴大。

同一時刻，兩公里遠的急救醫院裡，夜班醫師確認女子死亡。趕到該院的警視廳庶務責任管理官和驗屍官從醫師那裡聽取遺體狀況後，認定爲「他殺」。從此刻開始，倒在平交道前方路面的女人，正式成爲命案被害人。從發現遺體時的狀況，以及身上殘餘的體溫等等，推定女人斷氣的時間，應是被上班族發現的前一刻，也就是凌晨一點三分左右。後來女人的屍體被抬上北澤署交通課的資材搬運卡車，送到署裡的太平間等待驗屍。

另一方面，在發現屍體的現場繼續搜索血跡的兩名機搜隊員，發現愈往坡道底下走，血跡的間隔愈短。來到窪地底部，馬路擴展開來的地方時，已經不需要辛苦搜尋，鮮血描繪出來的鮮紅痕跡，幾乎呈直線顯示出被害人的移動路徑。

很快地，西木與渡邊來到壞掉的自動販賣機並排的一角。血跡來自後方一棟老舊的建築物。西木用手電筒照過去，看不出黑暗中的那幢建築物是什麼。那是一棟木造平房，但看起來不像住宅，牆壁和窗框的油漆也都幾乎剝落，看上去像一棟廢屋。後來查明，那裡是衣飾批發商用來當做倉庫的組合屋，業者倒閉後，就一直棄置在那裡。

廢屋入口吸引了刑警的目光。門口的大鎖遭到破壞，而且敞開的拉門沾滿血跡。西木與渡邊認定這裡就是犯罪現場。女人在建築物裡遭到刺傷後，胸口大量出血，仍打開拉門跑出外面。

渡邊原本要用無線電呼叫鑑識人員，被西木打手勢制止，要他側耳聆聽。漆黑的小屋裡，隱約傳出人類的喘息聲。

裡面有人。

在犯罪現場遭遇這類難以預料的狀況時，警察的腦中都會被相關法規所占據。因爲若是在辦案過程中不愼做出違法行爲，即使逮捕了凶嫌，也有可能讓嫌犯在審判中被判無罪。依現在的狀況，如果門口是關著的，要進入裡面，就需要法院令狀；但現在門是開著的，所以沒有問題。如果只是表面查看疑似發生罪案的現場，可以解釋爲是爲了蒐集申請令狀的證據，不算是強制搜查。

西木踏入建築物，喘氣聲變得更響亮了。兩名偵查人員留意著不破壞現場，加快速度，在黑暗裡朝聲音傳來的方向步步進逼。空氣帶著鐵鏽味，變得愈來愈血腥。

建築物內部以中央的牆壁區隔成兩個房間，但沒有門，可以自由進出。西木停下腳步，爲了愼重起見，右手按著腰上佩戴的伸縮式警棍，探頭看傳出喘氣聲的裡面的房間。結果手電筒的燈光裡浮現出異樣的光景。木板地被大量鮮血染成深紅色，一汪血中坐著一名男子。周圍散落著被割裂的女性衣物及皮包等物品。男子雙眼圓睜，伸長脖子，嘴巴微微開合，就彷彿在水中陷入呼吸困難。

西木和渡邊都以爲這是另一名被害人，連忙衝向男子。然而來到近處，才發現男子雙手戴著工作手套，而且右手下方掉著一把刀長約十公分的刀子。

西木縮回原本要扶起男子的手問，「你在這裡做什麼？」

男子只是痛苦喘氣，什麼都沒有回答。男子身材清瘦，但肌肉結實，看上去年近三十。西木爲了確定身分，反覆質問對方姓名和住址等等，卻得不到回答。男子似乎不是故意保持緘默，而是處於某種異常的精神狀態，即使想要回答，也回答不出來。

這段期間，渡邊以手電筒燈光照射，觀察男子的體表。男子從額頭到腳都濺滿了血，但衣物沒有任何破損，也看不到醒目的外傷。唯有一點，除了彌漫周圍的血腥味之外，還有強烈的阿摩尼亞臭味。男子似乎失禁了。

西木掌握現場狀況後，決定先以違反刀械法的現行犯逮捕男子。刀子雖然掉在地上，但他認爲刀子仍在男子的控制下，因此可以追究違反攜帶刀械罪。從男子完全不回答問題的異常反應，法官也會接受這是「可推測是凶手的狀況」。犯下殺人罪的人，被自己的凶行嚇到，反應失常的情況並不罕見，而且男子全身濺滿了被害人的血，更是如此。

渡邊以無線電報告發現嫌犯，呼叫支援。趕到現場的偵查人員想要帶走已經上銬的嫌犯，但接下來煞費辛苦。因爲男子整個人腿軟，無法自行站立。穿西裝到場的刑警後悔沒有換上工作服再來，右右攙扶著渾身是血的嫌犯，將他帶離現場。

透過接下來的調查，查明在現場逮捕的男子是有傷害及竊盜等前科的島地勇，二十七歲。他是跨地區黑幫的成員，是從青少年時期就不斷觸法的典型累犯。

島地落網後，仍在害怕什麼的樣子，雖然在偵訊中完全不回應，但這場命案無庸置疑，就是他犯下的凶行。在現場扣押的刀子與被害人的刺傷傷口吻合，而且凶器與被害人的皮膚上附著了和島地的工作手套一樣的纖維。尤其被害人的臉頰和嘴巴採到許多纖維，意味著死者生前被戴了工作手套的手摀住嘴巴。此外，島地身上的大量鮮血，血型也和被害人完全相同。也就是說，女人的左胸被刺的瞬間，島地就在她的正面，極靠近她。

證據順利鞏固，然而另一方面，嫌犯的精神狀態成了問題。若是他被認定因精神疾病而不具責任能力，最後就只能以不起訴結案。檢察官觀察島地的狀況，向法院取得鑑定留置許可，進行簡易鑑定，結果是「犯行時具責任能力」。精神科醫師與島地會面，認爲看不出精神病患特有的症狀，警方調查黑幫事務所和餐飲店等島地平時活動的地點，也查不出他在犯行當天以前有任何異常言行。此外，島地雖然有毒品前科，但是在剛落網之後的尿檢中沒有藥物反應。

鑑定書上的結論還提到了其他內容，島地在犯罪現場的虛脫狀態被認爲是「一種異常體驗反應，爲反射性驚愕作用造成的運動功能失調」，接下來的緘默，則是「來自心因反應的緘默症」。亦即檢方認定殺人行爲對當事人帶來的震撼，導致他無法站立和說話，但是在持刀刺進被害人胸口的那瞬間以前，他的精神狀態都是正常的。

如此一來，嫌犯的責任能力問題便解決了，但司法解剖的結果，還有一點令檢察官感到擔憂。被害人的死因是「胸部刺創造成失血死亡」，刀傷深及心臟。除此之外，從現場的血跡推測出血量多達一・五公升，這就引出了一個疑問：身受如此重傷的被害人，有辦法自力走到平交道嗎？若是被害人難以步行，而凶手島地陷入運動功能失調的狀況，那被害人就是被第三者搬運到平交道的了。

針對這個問題，被徵詢意見的法醫學者提到過去發生過相同案例。有一名在東京都的馬路遭人刺傷心臟的人，走過漫長的斑馬線之後才斃命。法醫學家據此回答，「就算心臟被刺，仍有可能繼續活上九十秒，步行也並非不可能的事。」除了法醫的見解，加上一路綿延的血滴符合被害人的血型，因此認定遇害女子是自行走到平交道，爲嫌犯單獨犯案，確定了起訴事實。

被羈押約兩個月後，島地勇以侵入民宅、非法拘禁、強姦未遂、殺人等罪名，反覆遭到逮捕羈押，最後起訴。特別搜查本部也功成身退解散了。

案子雖然破了，但遇害女子的身分直到最後都沒有查出來。

現場留有女子的皮包，但裡面沒有證明身分的物品，而追蹤死者生前足跡的警犬，在朝下北澤站的方向前進約一百公尺後，就停止追蹤氣味了。從警犬的行動可以看出來的，只有女子並非乘車前來，而是徒步前往現場。此外，不同於新宿或澀谷這些大車站，下北澤站沒有監視器，因此連女人是不是搭電車來的都不清楚。

警方擁有的指紋資料庫及報案失蹤人口當中也沒有符合的人，向現場附近的牙科診所委託核對齒痕，也無功而返。衣物、鞋子、戒指、化妝品等遺留物品，都是隨處可見的東西，即使追查販賣管道，也無法查出身分。當然，警方也徹底調查凶手島地勇的身邊，但沒有任何顯示與被害人關聯的線索。

在這當中，有一項讓偵查人員興起期待的發現。鑑識課人員調查現場採集到的毛髮，發現被害人的長髮重染過兩次。原本黑色的頭髮染成褐色以後，又在案發約半年前重新染回黑髮。第一次染的顏色相當淡，借用刑警的形容，是相當「浮誇」的髮色，因此推測被害女子有可能從事酒店這類服務餐飲業，或是性產業等特種行業。

得到這項線索後，身分調查小組在夜晚的鬧區四處打聽，看到遺體臉部畫像的酒店人員當中，有人說認識該名女子。對方聲稱約兩年前雇用過相當類似的女人。就如同證人的說詞，店內宣傳的小姐團體照裡拍到了生前的被害人。那是個沒什麼存在感的長髮女子。這時頭髮仍是黑的，因此一眼就能看出是遇害女子。

身分調查小組利用這張新的照片，又從兩家酒店人員口中得到相同的證詞。綜合他們的說法，女子從一九九一年十二月開始在池袋的酒店上班，在多家店輾轉來去之後，於一九九三年四月失去聯絡。是案發八個月前。這時她的髮色已經恢復成黑色，因此有可能已經脫離酒店工作了。至於她在酒店的表現，證人說她陪客的態度很陰沉，然而指名她的客人卻絡繹不絕，因此每個人都發現她八成是私下在「賣」。

不過關於被害人，能查到的就只有這些了。女子在不同店家，用的名字和生日都不同，至於住址，也全是虛構的。這類行業不會過問員工的身分或來歷，因此在錄取的時候也不會查證。此外，警方也調查過命案加害人島地勇是否是女人上班的店家客人，但沒有查到這樣的事實。

結果被害人在當酒店小姐的一年四個月之間，包括客人在內，應該接觸過上百人，卻沒有任何一個人知道她的來歷。

司法解剖結束後，女子遺體被當成無名屍交給區公所火葬了。隨著偵查終結，被害人的身分調查交棒給警視廳鑑識課的身分不明諮詢室，但不可能持續積極調查，只是在登載無名屍的檔案照裡，加上女子的遺體照片和當酒店小姐時的遺照而已。接下來就只等著有人來尋找失蹤者。

案發後過了一年，沒有半件符合遇害女子特徵的失蹤者查詢，骨灰就這樣一直安置在無名氏專用的靈骨塔裡——

從荒井刑警那裡聽完命案全貌，松田最後提出問題，「如果女人是徒步去到現場，她是不是住在附近？周邊調查的結果呢？」

荒井又點了一支菸，「案發前，酷似被害人的女子多次在現場附近被人目擊。有人說有個長髮清瘦的女人站在那裡，不過無法斷定是同一人。」

「站在那裡？不是經過，而是站在原地嗎？」

「對，聽說她站在窪地底部壞掉的自動販賣機前面，看著電車。」

「這不是很奇怪嗎？她又不可能是鐵道迷。」

松田這只是玩笑話，荒井卻一本正經地說，「這個可能性警方也考慮過。」他說犯罪現場位在仰望土堤上方鐵軌的位置，背景沒有任何雜物，因此對於想拍攝電車照片的鐵道迷來說，是絕佳的攝影地點。「不過被目擊到的女子沒有拿相機，所以這個可能性被排除了，而且很少聽說有女的鐵道迷嘛。更有可能的是，女人是在等客人。」

「客人，也就是嫖客？」

「對。那一帶附近有環狀七號線經過，方便開車過去。女人是不是辭掉酒店工作，專做賣春，和客人約在那裡？這樣的話，三更半夜站在那裡也說得通了。」

「確實有理。結果這時想要隨便抓個女人強姦的流氓經過……」

「就是這麼回事。不過這完全只是猜測，事實究竟如何，完全不清楚。而且嫖客應該也不可能出面作證。」荒井一口氣喝光杯中所剩無幾的波旁威士忌，「就算讓那些人看照片，他們也只會說『不認識』吧。」

4

採訪刑警的一晚過去，在自家床上醒來時，松田感到輕微頭痛。前晚詢問命案內容後，一個人走夜路回家讓他感到毛骨悚然，不小心喝過頭了。

一回到家，他仗著酒意看了一下電話機，但凌晨一點三分沒有答錄機啓動的記錄。那通電話沒有打來。松田放下心來，就這樣睡去，起床的時候發現自己換上了睡衣，吃了一驚。

接著他沖了澡，在上午離開住處，把前一天穿的襯衫拿去送洗後前往職場。

松田在新聞小組自己的辦公桌安頓下來，整理命案的訪談筆記，等待去協助其他採訪的吉村回來。昨天晚上荒井把命案被害人的遺照借給他了，他得請吉村複製一份才行。

午餐時間過後，攝影師回到編輯部，井澤總編注意到兩人的動靜，同時問他們，「查到女鬼的身分了嗎？」

「對。」

松田把發生在平交道附近的命案始末告訴兩人，並出示被害人的照片。看到照片上的女人，不只是吉村，似乎連井澤都凍結了。「這不是靈異照片上的女人嗎？」

吉村拿起兩張照片，交互比對了好幾次問，「怎麼看都是同一個人。那張照片果然是遇害女子顯靈被拍到了吧？」

「就算問我，我也無從回答。我會用『這世上有無法解釋的神祕現象』的角度來撰稿。」松田說。

「等等。」井澤插嘴，「這樣太可惜了，不能再更進一步追查嗎？」

松田有了不好的預感。井澤用力搔頭，是他對採訪結果感到興奮時的習慣。

「首先是現場。不光是平交道，也去拍一下命案舞台的空倉庫。接著再深入挖掘這名被害人。」

「可是這女人身分不明啊。」

「所以才要調查。去找酒店的人，打聽生前的女人是個怎樣的人。幹那一行的，或許有什麼不會向刑警透露的內幕消息。如果運氣好，或許可以查出她的身分。」

「調查已死的妓女身分？這未免太瘋狂了。」松田覺得事情變得麻煩了，婉轉地索討採訪經費，「上一次酒店大概要多少錢？」

「大概兩萬吧？記者攝影師兩人四萬。」井澤命令中西主任，叫他從手提保險箱裡取出十張萬圓鈔票，「在這個數目以內設法吧。」

荒井刑警提到女人上過班的酒店有三家。松田收下現金，同時在內心嘆息，這次採訪八成要自掏腰包了。

松田和吉村被井澤趕出門似地離開編輯部，再次前往下北澤三號平交道。大白天看到的平交道，也因爲四下陽光傾注，氛圍明亮得一點都不像曾有女人的遺體倒臥此地。

一走下窪地底部，馬上就知道命案現場在哪裡了。幾台生鏽的自動販賣機沒有撤走，並排在那裡，後方有一棟化成廢屋的木板屋。建坪比一般住宅要寬闊，木框窗戶嵌著霧面玻璃，無法窺見室內。一看就是罪犯會喜歡的場所。

倉庫周圍沒有圍牆，看不出從哪裡屬於它的土地範圍。附近有人車往來，但松田覺得光天化日之下，應該也不會啓人疑竇，便直接走到從馬路內縮一段距離的屋門前。

暴露在風雨中破敗的拉門殘留著抹上某些液體的黑色痕跡。是奄奄一息的被害人走出屋外時沾上的血跡吧。用來上鎖的大鎖也壞了沒修，現在仍述說著淒慘命案的一部分。

「松田大哥。」站在旁邊觀看的吉村開口，「你說的命案內容，有一點我實在想不透。」

「什麼？」

「就是凶手落網時的樣子。犯下殺人案的人，會因爲驚嚇而動彈不得嗎？」

「精神鑑定的結論是這樣說的。」

「可是這次的凶手，是前科累累的黑幫分子，傷害別人對他應該是家常便飯。」吉村看著殘留著血跡的入口說，「所以凶手應該不是因為殺人而受到驚嚇，而是看到了讓他全身虛脫的震驚景象吧？」

松田不明白吉村想要表達什麼，「什麼意思？」

「就是屍體站起來走路啊。」

「什麼？」

「這座倉庫留下了足以致死的大量血跡，對吧？被刀子刺死的女人在這裡死掉以後，突然站起來走出去，所以凶手才會嚇到整個腿軟。」

「怎麼可能？」松田說，卻對這番話感到難以言喻的恐懼，「唔，也有可能是凶手誤會了。他以為已經把女人殺死了，女人卻爬起來走出去，所以才以為是屍體動了起來。」

「不管怎麼樣，對下手的歹徒來說，都是令人魂飛魄散的景象吧。」

「對啊。」松田點點頭，提出來到現場後才注意到的疑問，「令我不解的是之後。為什麼胸口被刺以後，女人要走向平交道？」

松田帶著吉村離開空倉庫，出去馬路。三號平交道的反方向，下北澤站那裡有電話亭。是命案第一發現者叫救護車的公共電話。

「如果要求救的話，應該會去那個電話亭才對。距離也比平交道近多了。不懂她為什麼要特地走向平交道。」

「確實。」吉村回應，打開側背包取出相機，「現場周圍也拍一下照片好了。」

攝影師橫越馬路，移動到土堤正下方，尋找可以呈現倉庫與電話亭相關位置的角度。

松田決定把命案現場的攝影交給吉村，用自己的雙腿親自驗證一下剛才的疑問。他從倉庫前面一路走到三號平交道，回溯長髮女子行經的路線，結果發現從窪地底部通往平交道的坡道比看上去的更要陡峭，而且距離長達五十公尺，感覺身受重傷的人會往那裡爬，必定有相應的目的。

或者是——松田回頭看倉庫，也研究了一下偵查人員排除的可能性。這起命案有共犯，是共犯把女人的屍體搬運到平交道嗎？可是，有什麼必要把屍體從沒有人會看到的隱密廢屋搬運到戶外？他也想過也許是想要丟在軌道上讓電車輾過，偽裝成人身事故，但女人的遺體是躺在平交道前方的路面，而非軌道上。而且犯行時間是凌晨一點多，末班車早就開走了，能夠排除這個可能。

遇害女子果然是在瀕死之際，懷著某些目的，一個人走上這條坡道的——心臟受到致命的刺傷，在地面留下點點所剩無幾的血液。

眼前的平交道，警報機開始作響。後方的兩名行人快步穿越軌道，只有松田留在原地，看著逐漸放下的遮斷機，然後他發現了一件事。女人倒地的地點，是否就是自己站立的這個位置？

他忍不住後退一步，盯著地面。

隆冬深夜，半裸地倒在地上，無人看顧地斃命的女子。當時她經歷了何種痛苦？那一定是無法形容的痛楚，但除了劇痛以外，松田甚至無法想像心臟被刺，會是什麼樣的感覺。

松田低頭繼續思考。思考死亡的痛苦。思考在那間白色病房，妻子也經歷過的生命終結。

聽到靠近的電車聲，松田抬頭，發現軌道上有人。隔了一拍，松田的意識才被拉回眼前的現實。發現放下遮斷機的平交道裡闖入一名女性行人，瞬間松田體內深處發出驚愕的叫聲。

闖平交道自殺！

松田不敢相信眼前的景象，反射性地思考自己面對的狀況是否還有其他解釋，可是沒有懷疑的餘地。站在平交道裡的人，即將被電車撞上。

松田不知道自己思考當機、心急如焚了多久，但總之他看出來不及去按警報機上的緊急按鈕。急彎另一頭已經出現急行列車長長的車體。只能穿過遮斷機的桿子去救人。然而他抬起攔腰的遮斷機，彎下身體，卻無法前進。他感覺到攔阻自己的壓力，回頭望去，只見吉村從背後壓上來，拚命抱住自己的身體。震耳欲聾的警笛聲從腦袋旁邊掠過，車頭掀起幾乎把人吹走的風壓飛竄而過。

松田回頭看平交道。陸續通過的車廂充塞了視野。

「混帳！」松田對吉村吼道。視線在車輪底下忽隱忽現的軌道上搜尋。要是有什麼鮮紅的東西，一定是屍體。「那個人呢？」

吉村也大聲反問，「誰？」

「女人！不是有個女人站在平交道裡嗎！」

「沒有什麼女人啊！」

「什麼？」

最後一節車廂急劇放慢速度通過三號平交道。警報聲停止，遮斷機自動上升，平交道裡空無一人。

逐漸遠離的電車裡，車掌耳邊按著電話話筒，正看著這裡。吉村連忙揮舞雙手，表示沒事。

松田佇立在無人的平交道前。如果吉村沒有攔住他，他已經闖進平交道裡了。

連二連三有人闖平交道，列車急煞——

「松田大哥，你看到什麼？」吉村激動地問。

方才見到的景象浮現腦中，松田回答，「那裡就站著一個長髮女人。」

松田總算想到了，闖進平交道裡的人，是否撞鬼了？

返回編輯部的電車裡，松田不斷針對三號平交道發生的事自問自答。那裡到底發生了什麼事？自己到底看到了什麼？

做爲客觀事實能夠肯定的，就是自己試圖闖進放下遮斷機的平交道裡，被吉村制止，如此而已。那麼，他能說造成他闖平交道原因的長髮女子眞的站在軌道上嗎？只有這件事在記憶中宛如熱浪般搖曳起來，讓他失去了自信。因爲自己應該確實目睹的女人，在短短數秒後便消失不見了。

若是對照常識來看，平交道裡不可能有什麼女人，因此松田應該要懷疑的是自己的精神。是錯覺還是幻覺？回想剛發現平交道裡的人影的那一刻，只能說當時他耽溺於沉思，而女人的身影忽然闖進了他虛實摻半的意識中。

「是我一時眼花啦。」他對吉村這麼說，「採訪不熟悉的靈異報導，神經耗損吧。而且昨晚跟條子喝多了，酒精還沒有退。」

吉村依然一臉懷疑，但是只說，「小心別被怪東西附身了。」

松田想，目睹無法解釋的景象的人，應該都不會告訴身邊的人。因爲如果不把它當成私密的經驗深藏在心底，有可能會失去在社會的一席之地。

抵達上班的大樓，和前往攝影師辦公室的吉村道別後，松田前往自己的職場，找到總編。他沒有提到在平交道的異常體驗，報告採訪結果後，佯裝閒聊問：

「採訪靈異事件的時候，如果眞的捕捉到幽靈，可以寫出來嗎？」

井澤挪動眼鏡底下的眼睛望向松田，「什麼意思？」

「只是假設，萬一記者自己目擊到幽靈，或是攝影師拍到決定性的照片，可以在雜誌上刊出嗎？」

「哦，你是說這個啊。這我聽說過電視業界的狀況。聽說有人在拍靈異節目的時候，眞的拍到鬼。」

松田不禁探出上半身，「眞的嗎？」

「我是不知道是眞是假啦。」井澤笑道，「只是傳聞而已。不過聽說要是眞的拍到這類影像，應該無法公開。因爲媒體是社會公器，不能不負責任地散布不合理的內容。就算眞的遇到鬼，也只能避開斷定的說法，含糊帶過。其實我也遇過一次奇妙的經驗。」

「喔？」總編意外的告白勾起了松田的興趣。

「不過不是靈異事件，是正經的新聞採訪。當時我還只是個小編輯，我跟你剛認識的時候，東京灣不是發生過一起漁船沉沒事故嗎？」

「嗯，有呢。」那是一起釀成十四人死亡的悲劇。松田腦中回想起星期六深夜被電話挖起來衝去採訪的記憶。

「那天晚上我拿到罹難船員的名單，立刻前去採訪家屬。結果一名家屬一臉訝異地說，『我老公應該被救上岸了。』我問她爲什麼這麼說，她說在漁船沉沒後，接到本人打回家的電話。」

「本人打電話回家？」

「對。她說接到事故通知後，三更半夜接到丈夫的電話，所以以爲丈夫沒事。我以爲罹難名單有誤，連忙跑去確認，但那個人眞的死了。家屬說接到電話的那個時間，他已經在海底變成遺體，等著被打撈上岸。」

這要是以前的松田，絕對會一笑置之，說一定是哪裡搞錯了，但現在不一樣。「那，那名家屬的說詞怎麼處理？」

「總編決定以家屬說法的形式刊登出來，『因爲接到本人的電話，原以爲得救了』，這樣的話，也可以解釋爲是家屬自己誤會了。這次我們這個題目，靈異照片和遇害女子長相一樣這件事，也得小心處理。」

「靈異報導或許意外地有許多被隱藏起來的內幕呢。」

「就跟政治報導一樣。」

接著松田前往地下一樓的攝影師室，請吉村讓他看看在命案現場拍的照片，但沒有拍到任何無法公開的事物。

夜深之後，松田才離開編輯部。一個人走進老舊大樓的電梯時、經過已經沒有行人的巷弄返回自家公寓時，松田都對背後害怕得不得了。總覺得有什麼正尾隨著他。

松田回到家，在客廳沙發安坐下來，整理仍亂成一團的思緒。關於在三號平交道遇到的事，他開始覺得只能不予肯定或否定，置之一旁。如果平交道裡眞的有女人，就與現實出現了矛盾，如果沒有女人，就是自己的認知功能出了問題。事實上，松田感到一抹不安，懷疑自己是否精神失常，但他清楚在平交道目擊的事不可能是現實，所以認定自己還維持著理智。

松田起身想要喝酒，目光停留在一直掛在牆上的薰衣草色大衣。是住院的妻子拜託他「先幫我拿過來，出院時要穿」的。松田懷著妻子或許還能再次穿上那件大衣的渺茫希望，把大衣帶去病房，但它終究沒有從洗衣店的袋子裡取出來，又帶回家裡了。那個時候，松田只剩下一個人了。

看了大衣片刻，「平交道裡眞的沒有人嗎」的疑問再次湧上心頭。他認爲用「是否能以科學說明與死者的交流」的層次來分析這件事，是文不對題。

松田走近電視櫃，從下層的架子取出攝影機。這台機器幾年前買回家後，只用過一次。裡面的影帶他一直提不起勁看，放到現在。影帶裡拍到的是生前的妻子，是除了蜜月旅行外，唯一一次夫妻旅行的記錄。

松田看著說明書，把攝影機接上電視，正要按下倒帶鍵，這才發現帶子已經轉到最前面了。這表示不諳機器操作的妻子一個人看過這捲影帶。在戀情加溫時感受到的那種滿腔愛意洋溢心頭、卻又揪心不已的苦悶湧了上來。

按下播放鍵前一刻，松田遲疑了一下。因爲他害怕看到活生生的妻子，是否會加劇喪妻之痛。但他轉念又想，如果現在不看，就再也不會有這樣的機會了，把手伸向攝影機。

影片開始播放後，早已遺忘的風景出現在電視機畫面中。是從前往伊豆半島的列車車窗拍攝的景色。看了一會，彷彿時間倒轉一般，松田的追憶開始栩栩如生起來。畫面外的妻子的體溫、相觸的肩膀的觸感、頭髮飄過來的洗髮精芳香，所有的一切都活靈活現地在腦中復甦。

這天妻子想吃火車便當，所以他們刻意不吃早餐就離開家門。兩人並坐在車位上，吃著新宿車站買來的便當，評論彼此的菜色。松田看到妻子在手提包裡藏了兩人份的糕點，感到無比愛憐。

畫面切換到南伊豆的街道，妻子仍未現身影中。儘管心想現在還來及得停下影片，松田卻沉迷於拾掇記憶的碎片，錯過了機會。海邊城鎮清新的空氣、覆蓋山地的新鮮綠意、染成一片靛藍的初夏天空。妻子的聲音傳來，疊在這些風景上。她歡欣的每一句話，傳達出對夫妻親密出遊的喜悅。對松田來說，這是時隔兩年聽到的聲音。是一直圍繞著自己半生的溫柔嗓音。

第一天他們坐了遊覽船，隔天搭纜車上山。在伴手禮店，妻子拿起民藝品的玻璃飾品，眼中倒映出它們的光輝。晚上在下榻的旅館看著彼此的浴衣穿扮、杵在山間的公車站等待班次極少的公車、再也不復返的時光所有的一切，吞噬、壓倒了注視著電視機畫面的松田。

以灑上一片夕陽的漣漪爲背景，畫面上映著妻子。即使年屆四十五，她纖細的頸脖仍描繪出美麗的曲線。眼睛時而開心、時而調皮地閃亮著。生前的妻子活生生的樣貌，只能在這些影像中看到了。

畫面裡，妻子笑著，靦腆地對著鏡頭說，「不要拍我，拍風景啦。」

「有什麼關係？這是旅行的紀念啊。而且快沒電了。」松田開心的聲音回應，「請說說這次旅行的感想。」

「太棒了。這是我們第一次像這樣旅行吧？」

「不是有蜜月旅行嗎？」

「那，是十五年來第一次旅行？下次是什麼時候？」

「明年這個時候。」

「騙人～」

妻子笑著瞪他，松田以尷尬的笑聲回應。

潮風吹來，妻子一手按著頭髮，轉向上風處問，「喂，你休假可以延長嗎？」

「沒辦法啦。」

「好吧。那，多拍一點。」

妻子傾斜纖細的肩膀，取下腳上的涼鞋，變成赤腳。這時海水滑行似地湧上來，即將包覆白皙的腳尖時，影像唐突地結束了。獨居住處的空間裡，細微地響起落地鐘的報時聲。

松田雙手抹去淚水，就這樣抱住了頭。他想起了影像結束後，傍晚的海邊發生的事。當時他在樂不思蜀的四天旅行催化下，得意洋洋地問妻子：妳幸福嗎？——渾然不知病魔早已侵襲了妻子的身體，再三年妻子的生命就會燃盡。

不是悲哀或同情這類浮面的感情，甚至伴隨著肉體疼痛的激烈痛惜一路絞住了胸口。他太捨不得妻子了，即將號啕大哭的那一刻，電話響了。

松田嚥下湧至喉邊的淚水，抬起頭來。客廳與飯廳的兩台電話不斷作響，從敞開的房門望向隔壁的落地鐘，時間是凌晨一點三分。

在上一刻擊垮了松田的悲嘆，甚至壓過了湧上心頭的恐懼。松田移動到沙發另一側，從邊几上的電話機拿起話筒。

他側耳聆聽了片刻，讓人聯想到黑暗的無聲狀態中傳來女人的呻吟。白天在命案現場不斷思考的疑問，答案就在那裡。心臟遭利刃捅刺的痛苦有多強烈？甚至撕裂聽者的心的呻吟，道出了那痛苦之劇。光是聽到這呻吟，肯定任何人都能想像出在地上嘔血爬行的女子身影。

「喂？」松田出聲。聲音因為未乾透的淚水而濕潤。「哪位？」

但沒有回應。只有苦悶的呻吟持續著，就像要把松田拖進戰慄的深淵。

松田把持住情緒，不被恐懼吞沒，思考這通電話通往何處。他覺得那不是「陰間」或「黃泉」所說的世界，而是與只有這道呻吟迴響的心魂領域直接相通。電話另一頭連上的是一個靈魂，也就是自己和女人的靈魂直接相觸，是不是這樣？

傳至耳邊的聲音微微變化，變成了啜泣。

她想要傾訴什麼嗎？松田問，「妳能說話嗎？」但女人的聲音沒有構成話語。聲音不穩定地上下起伏著，一會後彷彿沉入水底般遠離，很快地斷線了。

松田握著話筒，思考剛才聽到的是現實中響起的聲音嗎？這個問題同時也逼迫人思考何謂現實。如果說，只有透過正常的判斷力與邏輯思考認知到的世界才叫做現實，難道沒有一個僅能以非邏輯的觀念感知到的世界嗎？松田覺得，那裡就是靈魂棲息之地。亦即，是否能夠說，人類的靈魂就像一篇故事或一首音樂，或者就像活人的意識般，不存在於現實，只會顯現在觀念中？我們是否也能夠與靈魂交感，就如同不需透過話語，也能與他人靈犀相通？

松田放回在手中握了許久的話筒，決定回到曾經全心投入工作的機動記者時代。眼前有一起必須全力以赴採訪的案子。

5

隔天，松田上班前先去了一趟老東家報社。是去處理手上的股票。

日本的報社爲了維持獨立經營，法律禁止公開股權，取而代之，由員工彼此出資做爲資本。股價不會變動，股利也少得可憐，形同把一筆錢無利息地寄存在公司那裡。松田離職時原本想要把持股贖回，但員工持股會希望保有更多長期持股人，請他暫緩，所以他一直持有到現在。

透過贖回手續拿到的現金是三十萬圓。他已經做好心理準備，採訪費用不夠的話，就從這裡面支出。

接著他前往五反田，去見昨天就約好的採訪對象。對方名叫元木，直到八〇年代都在酒店受雇當店長，現在在站前的大樓裡自己開了家小酒吧。元木因爲過去的職業，在中小企業老闆間人面很廣，對當時是機動記者的松田來說，是極爲管用的市井消息來源。

兩人在預約的餐廳久別重逢，互道近況之後，松田說出三家酒店的店名，詢問元木認不認識任何一家的員工。

「很不巧，我都不認識呢。」元木回答。

要是能找到老闆，事情就簡單了，但看來酒店採訪還是只能不怕費工夫，一步一步來。

松田接著從元木那裡得到酒店這一行的知識。即使只是大概，他也想掌握一下命案被害人生前從事什麼樣的工作。

「酒店經營的竅門，就是戀愛感。」元木解釋。

過去的夜總會或銀座高級俱樂部，是職業公關小姐陪客，但酒店裡的小姐，個個都像素人，元木說這就是箇中精髓。

「客人就像是那些小姐的男朋友，跟她們一起喝酒——內心期待著或許哪天可以邀她們上床。常客爲了見到中意的小姐而上酒店，只要有客人指名，小姐拿到的抽成就更多。如何安撫男人的慾望，同時又把客人綁在身邊，就是小姐的本事所在。」

「男人眞是傻。」

「就是啊。」元木笑了，「想要女友的男人會上酒店，想要母親的男人會去小吃店。」

松田發現這麼說來，不管是小吃店還是高級俱樂部的老闆娘，都被稱爲「媽媽桑」。

「酒店還有一種特別的服務叫『陪上班』，目的是炒熱戀愛氣氛。就是在開店時間前，客人和小姐先在外面約會，再一起去店裡。對酒店來說，可以拿到小姐伴遊的服務費，還可以確保一開店就有生意，利潤很大。有人陪上班的小姐，可以從服務費裡拿到相當高的抽成。」

「小姐的年收入是多少？」

「看個人實力，落差很大。少的三百萬左右，多的可能可以到將近兩千萬吧。」

居然賺得比全國大報的記者還要多？松田很驚訝。那名長髮女子又是如何呢？「這一行，個性陰沉的女人做不來吧？」

「那當然。」

「業績不好的小姐，很多都會跑去陪睡嗎？」

「是啊。不過這個很難解釋，雖然差異很微妙，但酒店和性產業還是不一樣，可以說是服務業的最後一線吧。雖然是以性做爲商品，但絕對不眞的下海，這也是酒店小姐的自尊。但這是男女面對面喝酒的生意，有太多例外情形了。事實上也有很多小姐用陪睡留住客人，爲了賺更多，最後墮入風塵。」

想到這應該就是那名長髮女子步上的道路，松田感到有些失望。即使只有一點點也好，他總希望採訪對象仍保有清純的一面。

最後松田也從元木那裡學到酒店獨特的複雜收費制度。感覺如果採訪不順利，會噴掉不少錢。

松田和元木道別，前往編輯部，著手準備採訪。

首先他採用正攻法，打電話給荒井刑警告訴他的三家酒店，但每一家都拒絕採訪。現在正値年底生意旺季，而且又是沒有廣告效益的女性雜誌採訪，被拒訪也是當然吧。

既然如此，只能以普通客人身分上門了。松田把吉村從攝影師辦公室叫來，討論該如何採訪酒店小姐。重要的是不能引起對方戒心，因此吉村的攝影器材也必須減少到最少。

兩人在晚上六點從編輯部出發，先在池袋車站的立食蕎麥麵店塡飽肚子，接著前往第一家酒店採訪。第一家是位於車站西邊餐飲街的酒店「薇薇安」。根據警方調查，這裡是長髮女子第一間上班的店。

這是個嚴寒的夜晚，但是被霓虹燈映照得一片輝煌的路上流連著眾多上班族。前往尾牙會場的男人們的臉，宴會尚未開始就已經未飲先醉了。

吉村留意避免被醉鬼或地盤上的黑道分子糾纏，迅速拍攝店面外觀。「薇薇安」的店面模仿西洋城堡設計，與周邊低俗的景觀徹底格格不入。

松田問年輕搭檔，「你上過這種店嗎？」

「陪別人來過幾次。」吉村把相機收進袋子裡，「可是坦白說，對自由工作者來說，這種地方的花費太可怕了。要喝酒的話，隨便一家居酒屋就夠了。會上酒店的人，不是用公司的交際費，就是有錢人吧？」

「我想也是。」

松田三十多歲時，是夜總會的全盛時期，但他只有陪同事或接待線人等情況才會去。他不會想自掏腰包去那種地方。稍微有錢的人會上酒店，富豪則是泡在銀座高級俱樂部吧。

推開莫名氣派的金屬門，裡面有條鋪地毯的通道，櫃台裡一名黑領結禮服男子招呼，「歡迎光臨。」

「兩位。」松田說。店內比想像中更明亮，但以深紅色統一的裝潢散發出淫靡的氛圍。

櫃台人員以手勢展示小姐照片一字排開的板子問，「請問有指名的公關小姐嗎？」

在這家店，陪侍小姐好像稱爲「公關小姐」。松田看了看約四十張照片，說出準備好的台詞，「我大概三年前來過一次，那時候的小姐還在嗎？」

「三年前嗎?請問還記得小姐的名字嗎?」

「想不起來了，那個妹妹感覺不錯。」

「那麼，我安排兩位『FREE』，請在這家店做了三年以上的公關小姐招呼兩位，可以嗎?」

「FREE」是不指名小姐，收費會便宜一些。「好啊，可以。」

櫃台人員接著說明計時收費制度，松田選了一小時的方案。只要追加費用，時間到了也可以延長。

「那麼，這邊請。」

松田和吉村跟著帶位人員走向通道深處，裡面出現一個水晶燈閃耀的燦爛空間。牆邊與樓層中央擺著桌子，但沙發都對著同一個方向，應該是爲了避免客人對望的尷尬。約可容納八十名客人的寬闊店內因爲才剛開店，幾乎所有桌位都是空的。

松田在被帶往的桌位坐下來，這才恍然大悟到這確實與傳統的夜總會截然不同。酒店沒有樂團現場演奏，也沒有舞池，也看不到蘊釀出郊區氛圍的塑膠皮座椅。深紅色天鵝絨風沙發質感高級，坐起來也很舒適，感覺即使坐的是罪孽深重的人，也會不予譴責地給以包容。

侍者端水過來，接著黑西裝服務生帶來兩名小姐。一個穿粉紅色禮服，另一個穿橘色禮服，兩人的領口都敞得很開。「我來介紹，這位是亞由美，這位是美穗。」

「我是亞由美。」

「我是美穗，請多指教。」兩名小姐膝蓋跪地，遞出名片。應該才剛二十出頭，幾乎可以當松田的女兒了。染成淡褐色的頭髮底下，浮現沒有任何輕佻之處的蠱惑笑容。松田想，她們的父母對女兒的職業作何想法？一旁的吉村笑得臉都融化了。

小姐依偎在各自負責的客人旁邊坐下來，詢問要喝什麼。松田點了兌水威士忌，吉村點了白蘭地。小姐拿起桌上的酒瓶斟酒時，不想浪費時間的松田進入正題，「妳們在這家店做了很久嗎？」

「我大概三年吧。」亞由美回答。

「我也差不多。」美穗接著說。

「我們是出版社的。」松田和吉村一起掏出名片。

兩名小姐誇張地佩服，「《女性之友》，這部雜誌很有名耶！」

「我媽也會看喔。」

「謝謝、謝謝。」吉村說。

「妳們知道大概兩年前，這裡有一個黑頭髮的小姐嗎？瘦瘦的，沒什麼存在感。」

兩名小姐對望，松田亮出長髮女子的照片，「這是當時的宣傳照。」

結果只有亞由美有反應，「是聖子。」

「聖子？」

「她在這家店的花名。啊，可是她——」亞由美忽然蹙眉，似乎想起她成了命案犧牲者。

松田興起期待。這個小姐認識生前的女人。「妳知道聖子的本名叫什麼嗎？」

亞由美的眼睛閃過警覺，「這是採訪嗎？」

「抱歉用這麼冒昧的方法。」松田道歉，往亞由美手裡塞了一萬圓鈔票，「這不是什麼不正當的錢，是採訪費，《女性之友》編輯部給的。」

雖然可以點整瓶威士忌或昂貴的餐點，有許多方法可以增加小姐的業績收入，但松田認爲公事公辦地談，是最有效率的做法。「跟我聊聊這個人就行了，什麼事都可以。」

「我不知道她本名叫什麼。」亞由美同意採訪，「以前刑警也問過我，但我跟她眞的完全不熟。」

吉村客氣地要求拍照，得到亞由美同意。若是做爲證人刊登照片，會在眼部以黑線遮住相貌。爲了避免在店內引起注意，吉村不是用平常的尼康，而是用美能達的小型相機拍了亞由美的照片。

松田爲了盡量獲取命案被害人的資訊，繼續提問，「那麼，她在這家店表現如何？個性怎麼樣？」

「她超級陰沉的，就跟這張照片一樣。怎麼說，不知道怎麼笑，笑得超假的，心不甘情不願。」

松田望向已經看過許多回的照片。左胸中了刀傷，在三號平交道斃命的女子，過去在松田現在坐著的店內，擠出不自然的笑容接客。當時她過著怎樣的生活？每天都想著什麼？

「那，她在店裡有朋友嗎？」

「沒有呢。要是她來支援，整桌氣氛都會被她搞砸，每個人都很頭痛。」

松田查證從荒井刑警那裡聽到的事，「可是，也有人會指名她吧？聽說她也在賣。」

「沒錯。」亞由美點點頭，說這不是單純的傳聞，而是某個客人親口告訴她的。「那個客人說，『那女人爲了錢，不管是上床還是什麼都幹』。」

「那個客人現在還會來嗎？」

「沒有，鬧出那件事以後，那些客人都不來了。一定是不想有所牽扯吧。」亞由美噘起的唇尖透露出類似打抱不平的情緒，「明明那時候還那樣捧她說。」

第二家採訪的酒店「星塵」在跨越軌道的另一側，池袋車站的東側。在這裡，松田也以和第一家相同的步驟進行採訪。

看到照片的小姐立刻回答，「這明菜嘛。」

「明菜？」

「當然是花名啊，我不知道她本名叫什麼。」自稱今日子的小姐說。

松田又問知不知道長髮女子的身分，但是在這裡一樣得不到有用的答案。很快地，今日子反問，「這麼說來，聽說這女生被殺了，凶手是誰？」

「是黑道分子，好像想要強暴她，拿刀刺了她。」

「啊，原來是這樣啊。」

今日子的反應顯得意外，松田問，「跟妳猜想的不一樣？」

「嗯。這女生超陰沉的，感覺不曉得在想些什麼，所以大家都在八卦，說是不是在哪裡跟男人結怨了。」

「客人裡面感覺有人恨她嗎？」

「沒有，也不是說具體上有這樣的客人。」

「那，關於照片裡的這個人，妳還記得什麼嗎？」

「這只是我的印象，不過這女生眞的讓人看了很煩躁，她不管做什麼，都裝模作樣的。就算在休息室跟她說話，她也都笑得假惺惺，讓人覺得她很瞧不起人。不是只有我一個人這麼感覺，其他小姐也都這麼說。」

「那，她沒有朋友知道她的本名、住址這些私人的事？」

「應該沒有，她身邊的人只會說她壞話。」

松田和吉村搭電車移動到中野，進入第三家「平安貴族」。這家店和先前兩家不同，是家小店，能容納的客人數目不到五十人。

穿著長襦袢（註一）登場的小姐一看到照片就說，「是紫式部。」

「紫式部？」

「我是清少納言（註二）。」小姐以扇子掩口，擺出妖嬌的姿態微笑。

松田問清少納言，「這個紫式部沒什麼存在感，為什麼每個人一看到照片就認得是她？」

註一：襦袢是穿在和服最裡層的襯衣。

註二：紫式部和清少納言都是日本平安時代的女性文學家。

「因爲她的假笑啊。看到那假笑，馬上就想起來了。」

一定是特徵十足吧。松田也是，第一次看到這張照片時，甚至感到一種邪惡的氣質。

「她這個人實際上怎麼樣？」

「就像照片上那樣啊。要是置物櫃有東西失竊，她是那種會第一個被懷疑的人。」

「妳知道她的本名，或是她當時住在哪裡嗎？」

「不知道。」

「那麼她辭掉這家店以後去了哪裡，也不知道嗎？都沒有人知道她離開這裡之後去了哪裡。」

「她好像去銀座的高級俱樂部上班嘍。」

「咦？」吉村驚呼。

資深記者愈是聽到意外的消息，就愈會神色不動地繼續採訪。因爲大驚小怪，可能會讓消息提供者發現手中的情報有價值，開始漫天要價。松田若無其事地繼續問，「這件事確定嗎？」

「只是聽說而已。」

「從酒店轉職到銀座的俱樂部，是常有的事嗎？」

「偶爾會有這種事。只要走在銀座小巷，就會遇到挖角的人。我以前也待過銀座。」

「可是這個女人感覺相當陰沉，不是嗎？會有人挖角她嗎？」

「所以大家都在說，她應該是去當『特攻隊』吧。」

「什麼是『特攻隊』？」

「不是一般陪酒，而是專門賣身的。」

銀座的高級俱樂部也有賣春行爲，松田聽說過這件事，但從未直接採訪。「有這樣的小姐嗎？」

「有啊。像是廣告代理商接待大企業高層的時候，或是保險公司要給大藏省官員甜頭的時候，也是有這方面的需求。但又不能讓俱樂部裡的小姐做這種事，所以會臨時雇一些特攻隊的小姐，讓她們去陪睡。」

大藏省的高級官員接受性招待，這可是一大醜聞，但現在松田在追的是靈異事件。「照片上的小姐去當特攻隊的事，妳是從哪裡聽說的？有人在銀座的俱樂部看過她嗎？」

「沒有，眞的只是八卦，沒有眞憑實據。」

「也就是說，結果沒有人知道到底怎麼了？」

清少納言聞言，以試探的眼神望向松田說，「兩位客人不是刑警吧？」

「不是給妳看過名片了嗎？」

吉村指著自己說，「我們是女性之友。」

清少納言恢復婉約的笑容說，「好吧，我有個朋友跟紫式部一起住過，幫你們介紹。」

聽到這話時，松田也勉力保持平靜的表情，「她有朋友？」

清少納言介紹給他們的小姐，花名叫「艾莉」，已經離開中野的店，改到歌舞伎町的酒店「夜帝」上班了。

清少納言說，她們最近沒有聯絡，所以不知道艾莉是不是還在那家店。「運氣好的話就見得到。」

松田想問出艾莉的私人聯絡資料，但清少納言不肯透露，叫他「自己問本人」，只寫下本名做爲讓步。「她叫岡島惠美。不過不可以說是我告訴你們的喔。」

松田和吉村趕往化身不夜城的歌舞伎町主道。死在三號平交道的女人生前有朋友，這件事連警方都不知道。換言之，這名叫岡島惠美的小姐，沒有接受過偵查人員的問訊。若是能見到未曾被打擾的重要證人艾莉，與她交談，一定能查出命案被害人的身分。

他們要找的店，位在電影院林立的一區後巷。大樓外牆的霓虹燈流動似地明滅閃爍，描繪出光彩洪水。穿過正中央的自動門，黑西裝服務生和等候的小姐同時迎接。

「歡迎光臨。請問是兩位嗎？是第一次光臨嗎？」

「對。這裡幾點打烊？」

「凌晨兩點。」

松田看看手表，幸好才剛過十一點。

「爲兩位說明本店的收費，包廂費每小時一萬五千圓起跳——」

松田聽著服務生的說明，望向張貼在櫃台旁邊介紹小姐的板子。最上排有頭牌到第三名的欄位，第二受歡迎的小姐就是「艾莉」的照片。頭髮偏短，有著一張美麗的圓臉蛋，身材勻稱，年紀約二十出頭到二十五左右。那張笑臉實在太陽光了，甚至感覺與這種店格格不入。

黑西裝服務生問松田，「不指名，FREE就行了嗎？」

「啊，不，」松田指著板子，「我想要這位小姐。」

「指名艾莉，是嗎？那位先生呢？」

吉村說，「我也想要艾莉。」

「兩位都指名艾莉嗎？」

吉村擔心對方起疑，指了別張照片，「啊，那我要這個小姐。」

「蘿拉，是嗎？好的。那麼請兩位慢坐。」

帶位人員現身，將松田和吉村領至裡面的座位。不愧是亞洲最大的鬧區歌舞伎町裡的店，裝潢厚實沉穩，客層也很廣，從年輕人到老人，各類型的成年男子都有。他們與小姐聊天的談笑聲，隨著吐出來的香菸煙霧升上挑高的天花板，在上方盤旋。在一支花都不許攀折的花園裡，男人迷醉，受到療癒，發洩情緒，並且在小姐的欲迎還拒裡愈陷愈深。

松田和吉村的桌位，來了兩個不是指名的小姐。搶手的小姐正在招呼先指名的桌位的時候，「支援」的代理小姐會先來陪伴等候的客人。

松田和兩名支援的小姐閒聊，不著痕跡地探問她們知不知道一年前發生在下北澤的命案，但才十九歲的小姐資歷尚淺，連有前同行遇害都不知道。閒聊期間，松田只要一叼起菸，小姐便迅速地遞來點火的打火機。

過了二十分鐘，另外兩人來替換支援的小姐了。其中一人是吉村指名的蘿拉。她的個子很高，五官碩大深邃，強調身體曲線的裙裝短到不行。從這兩人身上也問不到命案的線索。

松田離席去小解，令人驚訝的是，小姐一路跟到廁所門口，在洗手後遞來擦手巾。這種店會徹底滿足男人低俗的支配欲望。

回到座位時，新的兩名小姐由黑西裝服務生領著現身了，「讓您久等了，艾莉來了。」

松田立刻看出兩名小姐裡面哪一個是艾莉了。快活的笑容就如同入口展示的照片，圓臉的肌膚白裡透紅，迷你裙裝包裹著纖細的肢體。印象與其說是美艷，更接近爽朗，即使說她是美人運動選手，也不會有人起疑。但過度完美的妝容和髮型總讓人感到不自然，不是鮮花，而是一種假花的美。

「幸會，我是艾莉，歡迎光臨。」店內第二號紅牌小姐彎身執起松田的手握手，飄來一陣濃淡恰到好處的香水甜香。遞過來的名片上，除了店名外只印刷了「艾莉」這個花名。在近處看到岡島惠美，松田估計她應該二十五歲左右。

陪伴吉村的小姐自稱「凱西」，年齡和體格都像是艾莉的小妹。宛如年輕兩姊妹的兩人坐下來，問，「可以請教客人的大名嗎？」

吉村報上名字，松田也自我介紹，然後拿起菜單，「我想點個酒，兩位也要喝嗎？」

「啊，可以嗎？」艾莉的臉亮了起來，「謝謝。」

松田和吉村點了蘇格蘭威士忌，兩名小姐點了雞尾酒。酒錢另計，小姐可以抽成一部分。

用送來的酒乾杯後，艾莉問，「兩位大哥是下班嗎？」

「唔，差不多。」

「兩位大哥是做什麼的？」

「我們看起來像是做什麼的？」吉村反過來問。

「媒體人嗎？」

艾莉一猜就中，吉村嚇了一跳，「妳怎麼知道？」

「兩位大哥看起來就像是在社會最前線戰鬥嘛。」

即使是假惺惺的甜言蜜語，也讓吉村開心地笑了。看來比起初出茅廬的報導攝影師，人氣酒店小姐更世故老練。

「說是媒體，也是女性雜誌啦。」松田說著遞出自己的名片，「我們是《月刊女性之友》的記者。」

「啊，我知道！」凱西也興致勃勃地加入對話，「大哥會追逐藝人嗎？」

「我們是專門報導社會案件的。」

「太厲害了！」兩名小姐齊聲說。

松田繼續閒聊。搶手的小姐，每張桌子頂多只能坐個十五到二十分鐘。與其勉強進入正題，先讓採訪對象留下好感更重要。

話說回來，艾莉應付客人的手段之高明，令松田咋舌不已。她運用表情和語氣維持開朗的氛圍，並從對話的字裡行間找出客人會感興趣的話題，不管客人說什麼，都予以肯定。「日本的酒店小姐，也身兼上班族的心理醫生」，他聽說過這樣的分析，而艾莉巧妙的接待，讓人覺得此話一點都不錯。

不過這些花招手段都是為了從男人身上扒皮，艾莉愈是八面玲瓏，松田愈是感到卑鄙。以金錢為媒介的交際，再怎麼樣都甩不掉虛偽。

隨著鐘點尾聲接近，艾莉的微笑益發親密，聊著聊著順水推舟地說，「好想和松田大哥一直聊下去喔。」

這時服務生時機巧妙地現身桌邊問，「時間快到了，請問要延長嗎？」

「延長一小時。」松田立刻回答，「繼續指名艾莉和蘿拉。」

在一旁聽到的艾莉打從心底開心地說，「謝謝大哥！」然後她和再次過來的蘿拉交換，去陪其他指名的客人。

松田等了差不多四十分鐘，艾莉才又再度現身。這段期間，吉村和蘿拉看起來莫名地投合，松田不禁雞婆地為他擔心起來。這個感覺出身良好的青年攝影師，會不會一下子就被老於世故的女人給騙了？

艾莉就和剛才一樣，帶著華美的笑容回到桌邊，誇張地為重逢而開心，「又能見到松田大哥，太開心了！」

「我也是。」

松田為兩名小姐點了第二杯雞尾酒，四人乾杯後，他以輕鬆的口吻進入訪談，「剛才我說我們專門報導社會案件，其實現在也在追一個案子。」

「什麼案子？」艾莉以明亮的眼神望著他問。

「是關於這名女子。」松田從外套口袋取出長髮女子的照片，「我們在調查她的姓名和住址這些資料。」

看照片的時候，艾莉神情嚴肅，但很快就恢復原本的笑容，「這是誰？是什麼案子的關係人嗎？」

這意料之外的反應讓松田一陣錯愕，「妳不認識她嗎？她是妳以前的同行，在中野的『平安貴族』上班。」

「不認識耶。」艾莉搖搖頭後問蘿拉，「妳認識嗎？」

「我也不認識。」蘿拉也說。

難不成認錯人了？松田訝異。是名叫岡島惠美的小姐已經離開這家店，現在眼前的女子繼承了「艾莉」這個花名嗎？但即使要單刀直入地問，如果對方眞的是岡島惠美本人，隨便說出本名，有可能讓對方不高興。因爲許多小姐都是用假名上班的。

「落空了啊。」松田收起照片，懊悔要是沒有蘿拉，就能直接問清楚了。他尋思可以和艾莉獨處的方法，這時靈光一閃。

「失陪一下，去個洗手間。」松田起身，艾莉也起身陪伴指名客。

擠滿了醉客和小姐的樓層，充斥著飽含酒精的呼氣與香菸煙霧，十分嗆人。也有桌位發出熱鬧的歡呼開香檳，松田估計這樣的環境，不必擔心與艾莉的對話會被別人聽到。

然而就在他準備提問時，艾莉抓住松田的手肘，挽起他的手。隔著西裝袖子，感覺到女性乳房柔軟的觸感。松田出於對色誘的戒心，繃緊了全身，但艾莉似乎把這視爲純情的反應，含笑「呵呵」了兩聲。「大哥平常很少來這種店嗎？」

「今天是第一次來。」

「要是大哥願意再來，艾莉會很開心的。」

艾莉更用力地箍住松田的手臂。但即使暴露在嬌媚而強力的誘惑當中，松田也無心享受。他想，要是妻子在場，會說什麼？喪期都還沒過呢。

採訪對象有著超乎年齡的世故，要是小看，會吃上苦頭。松田決定將策略從間接轉為直接。

「妳是岡島惠美吧？」松田冷不妨說，艾莉從松田的肩膀下方高度抬眼看著他。不否定，就是肯定的證明。「我想教請一下妳朋友的事。」

「剛才照片上的女生？」

「對。」

「就說不認識了。」

「有人作證妳以前跟照片上的人同住過。」

「就說人家不認識了嘛。」艾莉不是凶巴巴，而是裝出嬌嗔的可愛表情否認。

為何要隱瞞和照片女子的關係？松田無法理解，「妳真的什麼都不知道嗎？妳們以前在同一家店上班，卻說妳沒見過她？」

「可能看過吧，但也只是這樣而已。照片上的人現在在哪裡做什麼，我又不知道。」

松田細細端詳著艾莉，重複她的話，「妳不知道她現在在哪裡做什麼？」

「嗯。」艾莉微笑點頭。

松田沒有聽漏，她的回答是現在式。他必須立刻確認一件事。松田在樓層角落，通往廁所的短通道入口停步詢問，「現在這樣的年底，生意很忙嗎？」

松田突然轉了個話題，艾莉滿臉困惑，但望向客滿的店內說，「就像大哥看到的，連休息的空閒都沒有。」

「去年這時候也是？」

「去年？啊，去年我去旅行了。」她放開勾住松田的手，自傲地補了句，「跟男朋友去。」

強調最後一句話，應該是在表示她已經不把松田當客人了吧。松田露出羨慕的微笑，「去旅行多久？」

「兩個月。年底年初，在夏威夷悠閒了好陣子。」

「難怪妳不知道。」

「不知道什麼？」

「照片上的人去年這時候過世了。」

瞬間，艾莉表情中的華美彷彿被吹走一般，倏忽消失。空洞的兩隻眼睛，道出了無從掩飾的震驚。

「她被人發現陳屍路上，可是身分不明，所以我在調查她是哪裡的誰。」

艾莉頻頻眨眼，視線回到女性雜誌的社會案件記者身上。她應該明白對方已經看出她的動搖，但立刻恢復人氣小姐的伶俐，裝出純粹的好奇，反過來問，「她怎麼死的？」

「妳認識照片上的人呢，妳跟她很好吧？」

「人家問你她過世的理由啊。」

與酒店小姐的角力，優勢已經轉移到松田的陣地了。在情報是唯一商品的世界裡，擁有情報的人之間的交易，是以物易物。如果想知道某些情報，就得先提供情報。「照片上的人是被殺死的。」

艾莉再次啞然失聲。松田看出她雖然一臉茫然，但意識深處有什麼正忙碌地活動著。他猜不出艾莉在想什麼，但她確實已經上鉤了。松田沒有延長鐘點，使出另外一招，「明天我想陪妳上班，可以嗎？」

「明天我有約了。」

「後天呢？」

艾莉猶豫了片刻，從胸袋取出松田的名片，「我可以打電話去你公司嗎？」

「請便。」

「那我再打過去。」

「妳什麼時候會打來？」

艾莉微微側頭，「我想的時候就會打。」

在桌位拿到的帳單，兩小時的檯費加上指名費等等，金額超過八萬圓。松田用現金付了帳，在艾莉、蘿拉及服務生送別下離開店內。恢復營業笑容的艾莉揮著手，消失在自動門後方。

走出五顏六色的霓虹燈照亮的路上，吉村問，「採訪費沒問題嗎？」

松田已經花了近二十萬圓，大赤字，但他毫不在乎地說，「沒事。倒是你，沒有迷上蘿拉吧？」

「我沒問題啦。」吉村爽朗地笑了，「那，松田大哥跟艾莉說了什麼？」

「『詳情下次再說』。」

「她爲什麼不肯直接答應採訪呢？」

「答案也得等到明天以後才能分曉了。倒是——」松田在T字路轉角停步，回頭轉向新宿車站的反方向。新大久保方向的路邊停了一輛銀色轎車。駕駛座和副駕駛座有兩名男人的身影。

「怎麼了？」

「可以陪我一下嗎？」

松田帶著吉村，朝掛著租車車牌的轎車走去。這一帶距離電影院圍繞的廣場約兩個街區遠，路面也很窄。兩人一靠近轎車，副駕上的男子就低頭假裝在找座位底下的東西。松田佯裝沒發現，直接經過，計算照後鏡的死角，在車子左斜後方停步，「有條子在盯著。」

「那輛車嗎？」

「嗯，我認得副駕的刑警。」松田搜尋記憶，但想不起名字。對方應該也是看到面熟的報社記者靠近，才連忙遮遮掩掩吧。

偵防車停車的位置對著「夜帝」所在的大樓後門。松田決定不防礙監視，暫時靜觀其變。結果副駕的車窗打開來，一隻手從車子裡伸出來，調整照後鏡的方向。監視中的刑警與前報社記者在小鏡子裡對望了。

「莫名緊張兮兮呢。」吉村說，背對偵防車，從斜背包裡取出尼康相機，藏在大衣底下。

松田微微踩踏步子，忍受著寒冷，耐心等待。結果刑警先按捺不住了。對方悄悄打開車門，留意著監視的大樓，小跑步靠過來。

「你以前是記者吧？」粗眉中年刑警壓低聲音問道。

「好久不見。」松田只這麼招呼。

「你杵在這裡會礙我們的事。這不是什麼大不了的案子，可以閃去別的地方嗎？」

「告訴我警察在做什麼，我就閃人。」

「毒品的祕密偵查啦。今晚只是監視，沒有臨檢也沒有要抓人。」

「那家酒店在進行毒品交易嗎？」

「就是在調查有沒有。」

偵查似乎才剛就緒，正在確認藥頭的行動。「有小姐涉入嗎？」

「沒有，我們要查的是黑道。」

雖然知道與岡島惠美無關了，但還得確定另一件事。「那家酒店是黑道在經營嗎？」

「對，背後金主是坂東組的白手套公司。」刑警說出跨區域黑幫的名號，不耐煩地問，

「這樣夠了吧？」

「嗯，不好意思，打擾了。」松田乖乖撤退。

刑警回去車上了。吉村朝反方向走去問，「回去沒關係嗎？」

「最後再確定一件事吧。」

松田找到通宵營業的超市，拿錢給吉村要他去買罐裝啤酒。這個路口距離「夜帝」的大樓約五十公尺，兩人在這裡扮演醉漢，刑警應該也不能說什麼吧。

松田和吉村並排在護欄坐下，冰寒的金屬卡進屁股。即使忍耐著維持這個姿勢，護欄也完全坐不暖。等了約一小時左右，大樓後門打開，穿便服的年輕員工走了出來。員工快步朝新宿車站方向走去，兩名男子從旁邊的巷弄現身，尾隨上去。

一會後，剛才的年輕員工開著一輛大廂型車回來了。後門就像在等他一樣打開來，下班的小姐排隊上了廂型車。這個時間已經沒有電車了，所以店裡的員工開車送她們回家吧。

「看到艾莉了嗎？」松田問。

用相機望遠鏡頭觀察的吉村說，「沒有。」

廂型車載著小姐離開，偵防車也滑行似地動起來，消失在歌舞伎町的路上。

刑警說的是眞的。他們跟監的對象是開車的年輕男子，與岡島惠美無關。對女性雜誌來說，非法毒品買賣不是有價值的新聞，松田決定擱置。「撤退吧。」

吉村把相機收回包包。兩人走到可以攔計程車的地方準備回去，這時一輛跑車超過兩人，停在「夜帝」後門前。走下駕駛座的男人一身拳擊手體型，一看就知道是道上兄弟。松田從以前就認爲流氓的外貌有洋風與和風兩種，這個男人就屬於洋風，比起和服，更適合穿義大利西裝。

松田走到馬路另一側，想要避開男人，這時卻停下腳步。因爲換上便服的艾莉從後門出現了。披著皮草大衣的岡島惠美，看起來比在店內的時候更加華貴。「等很久了？」她以歡快的聲音對年輕流氓說。

她說一年前一起去旅行的男友，或許就是這個人。這時松田第一次不是以「酒店小姐」這樣的記號，而是以有著特定人生的活生生女子的角度去看岡島惠美。會以名牌衣飾妝點全身的女子，是否缺少了愛情、安全感，或是道德，也或許是金錢，總之是這些普通人生應該要有的事物？雖然這並非本人的責任，但一定影響了她們的生活方式。比起陽光，更偏好日蔭。比起白天，更愛藏身黑夜。

惠美注意到松田，收起了可愛的笑容。流氓也循著情人的視線回頭看向這裡，立刻轉爲威嚇的神情。

「沒關係，是客人。」惠美小聲安撫男友。

但對方依舊敵意高漲，回到駕駛座的這段時間，一直瞪著松田不放。惠美給了松田看似困惑的一瞥，上了車子。

車子發出刺耳的排氣聲，猛地開了出去，吉村目送著她，「艾莉看起來有話想說，是嗎？」

「是想說『詳情下次再說』吧。」

松田回想起機動記者時代的感覺。會覺得採訪蒐集到的零碎情報似在蠢蠢欲動，是因爲它們想要和彼此連結在一起。身分不明的死者、否定關係的前同事。舞台是黑幫經營的酒店。其中隱藏著何種情節？

松田站在歌舞伎町的路上，在腦中描繪出模糊的相關圖，著手釐清要查明哪個部分。

6

隔天的工作，從地下鐵車站的小賣店開始。

松田環顧陳列著報紙和雜誌的立架，把所有看到的風月場所資訊雜誌全買下來。每一份雜誌的封面照，都是面露燦笑的女人，在脫光前一刻展現最後的吝嗇。顧攤的大嬸臭著臉收下錢。

在電車裡翻閱這類雜誌，實在令人顧忌，松田趕回編輯部，一回到自己的辦公桌，就立刻飛快翻頁。每一頁都塡滿了夜晚鬧區的尋芳導覽，從酒家到泡泡浴都有。

他很快就看到「夜帝」的全版廣告了。下面的角落小小地印刷著刊登廣告的企業名稱「遊客公司」。是昨晚監視中的刑警透露的跨區域黑幫的白手套企業。

松田接著翻找其他雜誌，在第三本的廣告找到了要找的店。「平安貴族」。刊登廣告的一樣是「遊客公司」。

腦中的相關圖有兩個要素連在一起了。死在平交道的身分不明女子和岡島惠美以前上班的酒店，還有惠美現在上班的歌舞伎町的店，幕後老闆都是跨區域黑幫坂東組。

松田看看編輯部的壁鐘，確定現在是午休時間。接著他猶豫良久，拿起電話，按下北澤警察署刑事課的電話號碼。記者直接打電話到消息來源的刑警上班地點，等於打破默契，但也只能迂迴地提出想問的問題了。

他對接電話的聲音年輕的刑警報上名字，說「我要找係長荒井先生」。老相識刑警立刻接聽，口氣隨和地說：

「喔，阿松，怎麼啦？」

「上次的事，有件重要的事我忘了問。你方便的時候，可以打電話給我嗎？」

「現在就可以，都已經結案的案子了。」

這發展求之不得。松田道謝，進入採訪，「刺死女人的小混混，是哪一個組的？」

「坂東組的。」刑警立刻回答。

松田感到一股近似衝擊的輕微興奮，「平交道的命案，有沒有可能是坂東組的組織犯案？」

「不可能吧。」

「你怎麼能斷定？」

「要是黑幫犯案，理由是什麼？」荒井反過來問，「對東日本規模最大的黑幫來說，酒店小姐根本無足輕重，卻要犧牲一個小弟坐牢去殺小姐，理由是什麼？」

用不著刑警指出，這個疑問他理應自己要想到。松田深刻感受到自己身爲記者的判斷力依然尚未恢復。

「而且凶手島地在殺了女人後，因爲敗壞幫派名聲的罪名，被逐出幫派了。」

「遇害女子有沒有吸毒的痕跡？」

「沒有。司法解剖的檢驗結果很乾淨。啊，等等。」荒井暫時停頓了一下，「再去喝一杯吧。晚上我再打給你。」

好像是想起了不方便在電話裡說的事。「好啊，麻煩了。」

松田說今晚他會在家，先掛了電話。

「喂，你是迷上逛酒店了嗎？」

背後傳來聲音，回頭一望，井澤總編站在那裡，詭笑著翻閱風月場所資訊雜誌。

「現在方便嗎？」松田起身，把井澤找到牆邊的接待區。

總編在塡充物扁塌的沙發坐下來問，「有什麼收獲嗎？」

松田報告找到了疑似身分不明女子朋友的酒店小姐。井澤的臉上沒有驚訝，而是有著對松田的表現符合期待的滿意。

「還有一點，」松田接著說，「有人說長髮女子辭掉中野的酒店以後，去銀座的高級俱樂部上班了。如果這是眞的，或許能找到知道她身分的人。有沒有誰在銀座的俱樂部有人脈？」

井澤立刻起身，對著屏風另一頭的編輯部揚聲喊道，「川瀨！過來一下！」

影劇記者辦公桌那區，走來一名相貌端正的四十多歲男子。是這個編輯部的王牌影劇記者。

西裝打扮一派清爽的川瀨以眼神向松田致意後，坐下來問總編，「什麼事？」和一般世人心目中輕浮的形象不同，幹練的影劇記者，大多爲人誠懇。因爲若是無法贏得採訪對象的信賴，就問不出內幕。

「不好意思跳過主任直接找你——」總編開口，「你可以幫忙查一下某個女人有沒有在銀座俱樂部上過班嗎？時間是去年春天到秋天。女人的照片晚點給你。」

「沒問題。」

「要是能查出女人的本名或身分就太好了。」

「我會試試。」

事情這樣就談妥了。即使是同一個編輯部，不同的採訪小組，彼此之間也有保密義務。川瀨完全沒有多問，告辭之後離去。

「藝人最愛銀座俱樂部了。」井澤說，「所以影劇記者都會進出那類店家，向服務生探聽情報。」

松田睜大雙眼，「那採訪費用也很驚人吧？」

「是啊，不過值得。」

這時，編輯部的工藤現身屏風後方，「松田先生，三線電話找你。」

「誰打來的？」

「一位叫岡島的小姐。」

松田轉向井澤，「是遇害女子的朋友。」他懷著些許期待地拿起話筒，「喂，我是松田。」

「我是岡島惠美。昨晚多謝照顧了。」

聲音聽起來很陌生，松田感到疑惑，「喂，岡島小姐嗎？」

「我是啊。」

惠美的聲音又低又沉，和前晚歡欣的音色相差了一百八十度。這似乎是她上班時間以外平時的聲音。松田思考了一下該如何回應，以輕鬆的口吻問，「是要談陪上班的事嗎？」

「不是，不就說今天晚上我已經有約了？不過下午兩點到四點，我在赤坂的健身俱樂部『日出』。只是要跟你說這些而已。」

「就這些？」

「對。我答應你要打電話，所以打了。再見。」

松田還來不及延續對話，電話就掛斷了。松田放回話筒，大惑不解。惠美說不打算跟他見面，卻告訴他根本沒人問的預定，目的是什麼？是惠美自己也在猶豫要不要接受採訪，把決定交給他嗎？

井澤從對面座位探身問，「她說什麼？」

「女人複雜的心理不要問我。」松田回應。

爲了見到採訪對象，松田前往赤坂。

他料想只要在健身俱樂部前面等待，應該就能等到惠美，但惠美說的「日出」會員制俱樂部在商業大樓的七樓，要是在那裡的門口亂轉，絕對會引來懷疑。

松田改變作戰，在兩點整推開俱樂部的玻璃門，站在充滿高級感的大廳，接著慢條斯理地掏出印有女性雜誌的名片，要求「我想參觀一下」，櫃台人員欣然允諾。一定是認爲若是雜誌願意介紹，會是大好的宣傳機會。「請盡情參觀。」櫃台人員滿臉堆笑，讓松田進入裡面。

因爲是平日午後，健身器材區有不少貌似主婦的女性。她們穿著花花綠綠的健身服，揮汗進行肌力訓練。這家俱樂部的會費是一般行情的十倍左右，會員應該都來自相當富裕的階級。松田發現穿西裝的自己顯得極爲格格不入，掏出筆和便條本，裝出採訪的樣子。他悠閒地走著，在健身客當中尋找岡島惠美的身影。

有一面可以環顧室內泳池的窗戶，他看了一下，但游泳的人都戴著泳鏡，看不出相貌。松田經過泳池入口，前往裡面的有氧教室。通道兩側各有兩間玻璃牆房間，其中一間正在上瑜珈，另一間正要開始有氧體操。三面牆都是鏡子的教室裡，明亮得讓人忘記現在正值冬季。

採訪對象在有氧教室裡。約二十名女學員裡，有人回頭看這裡，松田一看那張臉，就確定是惠美。和前晚比起來妝很淡，頭髮在後腦紮成一束。從紅色緊身衣伸出的頸脖曲線很美，松田覺得只有那裡很像妻子。惠美立刻轉回去，配合教練的音樂開始勁舞。

因爲也不能一直盯著穿緊身服的女人看，松田在通道盡頭找到吸菸區，在長椅坐下來。有時會有俱樂部員工經過，他裝出記錄採訪結果的樣子，免得引起懷疑。

他把五根菸吸成了灰，有氧課才結束。走出教室的惠美找到松田後，離開其他女學員，來到吸菸區。運動完之後，她穿上特大號的T恤遮住身體曲線。

惠美也不打招呼，在松田旁邊坐下來，吁了一口氣。她的身體散發出熱氣與甜美的香氣。理所當然，松田對她感覺到性方面的魅力，但更讓他驚訝的是惠美與昨晚大相逕庭的印象。以爲每天醉生夢死、只活在當下的酒店小姐，現在看起來卻是認眞在經營自己的人生。她的側臉浮現出某種苦惱的陰影。

惠美盯著地板問，「所以呢？」

「所以，」松田接著說，「和昨晚一樣，我想知道照片上的人是誰。她的姓名、住址，還有爲人。」

松田等了片刻，沒有回應。

「可以告訴我嗎？」

「你的話，不管說再多都不會懂吧。」

「怎麼說？」

「因爲你打從心底瞧不起我們這種女人。」

松田明白昨晚短暫的對話，就完全被對方看透了內心，感到尷尬。他情急之下尋找粉飾的話語，但是這時候不管說什麼，都會變成中年男子的狡辯吧。

「寫出來又能怎樣？」惠美追問，「你只是想要拿死者作文章罷了吧？」

如果說不是，這次就是在欺騙自己。媒體圈的人，幹的事情就是向世人揭露他人的不幸當飯吃。以前當報社記者的時候，自己殺紅了眼拚命弄到命案死者照片的記憶重回腦海。他也曾經去找女兒剛不幸遇害的父親，懇求對方出借女兒的照片，差點挨揍；但記者不會反省。他們自嘲、耍賴、得意忘形，甚至有人開始大搖大擺，昂首闊步。「可是，這就是我的工作，我要把社會發生的事傳達給讀者。」

「眞敢說。你根本不懂什麼社會。」

「是嗎？」

「沒錯。你只要報上自己的職業，所有人都會向你隱瞞自己眞實的一面。」惠美把聲音放得更沉地補充，「跟我相反。我只要說出職業，每個人都會對我暴露出本性。」

松田已經明白惠美的意圖了。她應該是在試探爲了採訪而接近自己的記者。試探他們的熱忱、誠意，以及人格。而松田就要被刷下來了。

惠美說「給我一根」，拿起松田擺在菸灰缸旁邊的菸。松田用打火機爲她點火，惠美勾起唇角笑了，「別在這裡討好奉承酒店小姐，去揭發政客的骯髒事如何？這樣對社會更有貢獻多了。」

松田覺得彷彿被責備自己的無用，漸漸自覺窩囊起來。他以自暴自棄的動作也點了一支菸，將有害的煙霧吸了滿腔，「我也覺得很不滿，不管是對工作還是人生。可是又無可奈何。」

「想要安慰的話，回家找老婆怎麼樣？」

「我沒有老婆。」

「又撒謊。」

「是眞的。」

惠美露出詫異的表情，盯著松田的左手，無名指還戴著婚戒。

「我是結過婚，可是老婆生了病……」

「啊，是嗎？」惠美慌張地說，語尾幾乎快聽不見。兩人暫時默默無語地抽菸，不久後，她自顧自地說下去，「我也是，好像在哪裡走錯了路。我也想過，是不是應該選擇更不一樣的人生比較好。可是被人瞧不起，結果就只能過這樣的生活。」

松田附和，表示共鳴。

「松田大哥，可以問你一件事嗎？」

「請。」

「你覺得結婚是好的嗎？」

爲什麼問這種問題？松田窺看旁邊的女子。惠美的眼中浮現某種迫切的光芒。松田心中一陣絞痛，但覺得應該認眞回答，而不是敷衍過去。惠美的問題，也是他遲早必須自己找到答案的難題。

「現在的我不知道。」他坦白地說，「我不敢說是好的。」

「爲什麼？」

松田回想起結婚那天。和她一起站在神父面前，發誓會彼此相愛，直到死亡分開兩人，然而死亡都分開兩人了，松田依然愛著妻子。「我應該要比她先死的。」

惠美吁出煙來，把菸在菸灰缸裡揉熄。接著她以卸下重擔的輕盈動作站起來，「大樓屋頂有可以說話的地方，你在那裡等我。我三十分鐘後就過去。」

松田感到意外，但誠實以對，似乎奏效了。飽嘗社會辛酸的女子一定是渴望他人的誠實吧。

「不過別期待，我也沒什麼好說的。」惠美叮囑完，離開吸菸區。

惠美指定的地點，是屋頂的空中花園區。到處擺放著有陽傘的圓桌。夏季期間應該是當成啤酒花園，但冬季午後，沒有人在這裡休憩，只有日暮前的冷風吹過。

松田在其中一張桌子落坐，看著長髮女子的照片，等待採訪對象現身。他想，如果女子的靈魂還佇留在這個世界，會如何看待想要查出她的身分的雜誌記者。

不久後，傳來一聲「久等了」，惠美背著運動包來到屋頂。淡粉紅色的羽絨大衣和長及膝下的長靴看起來很溫暖，與她色彩明亮的頭髮也相得益彰。

「松田大哥，剛才不好意思。」

「道什麼歉？」

「就……你太太的事。」

松田露出笑容，「別在意。」

惠美把東西放到松田對面座位，在右斜前方的椅子坐下來，「給你。」她說著伸出手，松田訝異是什麼，是用便條紙折成的折紙。松田接過來端詳，「這是小鳥？」

「對。是她教我折的。」

「她」指的是長髮女子。松田把視線從小鳥移到證人身上。

「我跟她一起租過房子，不過說到跟她的回憶，也只有這個而已。因爲我們兩個都工作到凌晨，回到住處就只是睡覺。」

松田猶豫該不該寫筆記，但決定繼續聽她說。因爲有時候光是做紀錄，受訪者就會變得語帶保留。若是兩小時左右的採訪，他有自信記住全部的內容。「妳們以前住在哪裡？」

「目白。」

「住址還記得嗎？」

「嗯。」

惠美掏出記事本用的小筆，在折紙小鳥的翅膀部分寫下豐島區的住址、公寓名稱及房號。距離女子遇害的下北澤，搭電車約三十分鐘車程，在地理上沒有關聯。

「租屋時的名字是？」

「是用我的名字租的。因爲她說沒有可以當保證人的親戚。」

沒有親戚是個重要證詞，但這也意味著身分調查遭遇瓶頸。如果女子無依無靠，表示這世上沒有半個人知道她是誰了。松田感到焦急，提出最想知道的問題。

「她的本名叫什麼？」

「我不知道她的本名。」惠美滿臉困惑地說，「她對我說她叫山田眞理，可是在別的地方又用別的名字，像是佐藤弘子、中村由美。」

惠美列出平凡無奇的名字，寫下漢字，「我覺得全都是假名。」

「爲什麼她非要這樣隱瞞本名不可呢？」

「在我們這一行，每個人都有不可告人的過去。像是逃離家暴男、不想被討債的找到、拋棄過去的自己，理由太多了。」

松田忽然覺得惠美自己應該也有著這樣的背景，但不是應該在這時候問的事。「妳怎麼會跟她認識？」

「我們在池袋的酒店一起上班。一家叫『星塵』的店。」

是松田第二間採訪的店。當時女人用的花名是「明菜」。

「那裡有員工宿舍，可是房間很爛，所以我向她提議平分房租，搬去更好的地方。」

「妳們感情很好嗎？」

惠美微微搖頭，「老實說，感情也不是特別好。只是因爲她看起來很乖，所以才找她而已。我覺得她的話，就算當室友，應該也不會一堆問題。」

「實際上一起生活也是這樣嗎？」

「嗯。她話很少，總之非常陰沉，感覺總是躲在房間角落，就像在躲著什麼人。」

松田一面聆聽，一面努力在內心勾勒女子生前的模樣。

「她的聲音怎麼樣？」

「聲音？比我低一點吧。雖然語氣陰沉，但音質有一點溫暖。」

惠美所說的特徵，符合深夜打來的電話聲音。松田忽然一陣顫慄，好似圓桌的空位坐著另一個女人。

「說話有腔調嗎？」

「沒有。」

「其他還有沒有什麼可以查到她身分的線索？」

「沒有呢。我想她的父母應該都不在了，而且她也都避談家裡的事。不過只有一次——」惠美的視線在空中游移，搜尋過去，「教我折這個的時候，她提過小時候的事。」

「怎樣的事？」

「她說她住在像宮殿一樣的房子裡。我以爲她在開玩笑，不過她父親以前好像經營一家大飯店。她說她都在那裡的泳池、有花圃的大庭院玩耍。只有說到這件事的時候，她笑得好幸福。」

在松田內心，女子的形象第一次脫離照片，動了起來。雖然活在社會底層，但聲音帶有溫度，和唯一一個朋友聊起兒時回憶的女人。從惠美的證詞可以看出來的，是父親經營飯店失敗、一家離散等等，從天堂墜入地獄的悲慘人生。若是加上本人說的沒有親戚，父母甚至有可能自殺了。

「那家飯店，她有沒有提到名稱或地點等等，更詳細一點的資訊？」

「沒有。」惠美神情黯然地說，「聽到這件事，我很嫉妒，酸言酸語地說，『妳看起來不像有錢人家的小姐啊。』發現以爲比自己差的人原來比自己更幸福，我覺得很惱怒。結果她變得點沮喪，又變回沉默寡言的樣子了。」

惠美低下頭，彷彿忍受疼痛地噤聲不語，就宛如在重現女子沮喪的模樣。沉默的兩人之間，女人的照片和小鳥折紙在風中顫搖著。

「對不起。」惠美沒有對象地道歉，「松田大哥問得愈多，我愈發現我對她一無所知。我也不是很喜歡她，她只是爲了分擔房租找來的同住室友。爲什麼我沒能更敞開心房，多聽她說話呢？」

對於死者，每個人都感到相同的後悔：爲什麼那個時候……松田爲了讓惠美感到輕鬆一些，「我聽別人說，她不是那種人見人愛的類型呢。」

「嗯。」

「聽說她也會陪睡。」

「大概。」惠美說，沒有責怪的樣子。

松田想像女人充滿波折的人生，感到心痛。兒時玩小鳥折紙的女孩，竟會在二十年後賣春維生。

「聽說她總是掛著這張照片的這種假笑，是眞的嗎？」

「嗯。」

「這樣的人，怎麼有辦法到銀座的高級俱樂部工作？」

「你連這都查到了？」惠美驚訝地說，態度突然變得遲疑。

「不好意思，這件事我不能跟你說。」

「爲什麼？」

「他不准我說。」

「他？」

「喏，就昨晚來店裡接我的人。」

是那個恫嚇著松田離去、看起來像拳擊手的流氓。

惠美亮出左手無名指上發亮的戒指，「我很快就要跟他結婚了。」眼裡浮現的嬌羞神色，讓她顯得更可愛。

「恭喜。可是，他爲什麼要妳保密銀座俱樂部的事？」

「不曉得。」惠美歪了歪頭說。松田看不出她是在裝傻，還是眞的不知情，但有個謎解開了。惠美昨晚否定自己認識女人，一定是因爲被男友下了封口令。

「他是做什麼的？」

惠美遲疑了一下說，「混道上的，坂東組的人。」

松田意識到自己正走在一片細薄的板子上，絕不能一時大意而失足了。

「可是別看他那樣，他沒那麼壞的。」惠美辯解地說，「其實他很溫柔的。昨晚也是爲了保護我，才會擺出那種態度。」

「我明白、我明白。」松田近乎誇張地用力點頭，「妳和他從什麼時候開始交往的？」

「去年四月。」

「妳說一起去旅行的男友就是他呢。」

「對。」

「妳在店裡那麼紅，居然能休那麼久的假。」

「因爲我平常就很認眞上班。好像是經理特地爲我安排的。」這時惠美似乎對於話題轉移感到疑惑，放低了音調，反過來問：

「欸，松田大哥，你說她是被殺的吧？」

松田點點頭。

「凶手是誰？」

松田認爲應該隱瞞凶手是坂東組成員這件事。不光是不想對惠美幸福的情緒潑冷水，更是感到一股模糊的不安，害怕繼續把她牽扯進來，可能會讓她遭遇某些危險。

「警方調查後發現，是夜間在路上偶然遇到暴徒，遭到攻擊。凶手和被害人之間沒有關聯。」

「這樣啊。」惠美的表情不是很信服，「地點在哪裡？」

「遺體發現的地點，是下北澤三號平交道。」

「告訴我那個平交道在哪裡。」

松田取出隨身版地圖，指示位置，惠美蹙眉歪頭，「沒去過的地方。」

「她在遇害前，很多人在這處平交道附近看到她，妳有沒有聽說她在下北澤有住處？」

「沒有。可是我在跳槽到現在的店的時候，就沒有跟她同住了，所以後來她怎麼樣了，我也不知道。不好意思沒能幫上忙。」片刻間，惠美似乎在尋思還有沒有什麼可以說的，但不久後看了看手表說：

「我能告訴你的就這些了。雖然有些事不能說，但我說的都是眞的。相信我。」

松田點點頭。惠美確實對他開誠布公了。

「謝謝妳。」

「你可以再來店裡，不過下次見面，就不談工作嘍。」

「好。」想到應該再也不會見到這名女子，松田感到有些惋惜。他和惠美總有種心有靈犀的感覺。原本的話，他想要再繼續深入採訪，但現在三號平交道的命案浮現黑道的陰影，勉強與她接觸太危險了。

惠美背起運動背包站起來，調皮地微笑說，「我已經給你線索了。」

「線索？」

「對。今天我告訴你的事，你再好好回想一下。再見。」

惠美不給記者追問的空檔，只留下明亮的笑容，跨步離去。栗色的頭髮在大樓中消失後，松田回溯記憶，把採訪對象告訴他的內容全部抄寫下來。可是惠美所說的線索，他卻毫無頭緒。

前往目白的電車裡，松田看著小鳥折紙思考，思考著遭到身邊所有人排斥的長髮女子。在採訪人物時，若是聽到對採訪對象的誹謗，不只是遭到誹謗的人，也必須看清楚誹謗的一方是怎樣的人。在過去的採訪中，松田多次經驗到，有時發出抨擊的人，自己才有問題。

但這次每一名證人的說法都一樣。總是面露陰沉的假笑、爲了錢而下海賣身的自作踐女子。這就是他人眼中的長髮女子的形象吧。但沒有任何人知道她的眞實身分。別說來自哪裡了，連她的本名都沒有人知道。身分不明地死去的女子，就連擁有肉體、存在於這個世間的時候，都活得像個沒有實體的幽靈。

因爲岡島惠美作證，女人的形象變得比先前清晰了許多。但關鍵部分，依舊是一團迷霧。

死在三號平交道的是誰？

傍晚擠得水洩不通的地下鐵中，以及轉乘站的新宿地下通道，眾多人潮從松田的眼前出現又消失。對他來說，這些人就像連名字都不知道的鬼魂。他們當中，也有人活得身邊的人完全不知道他們究竟是誰嗎？這稱得上終極孤獨的際遇，在這個大都市，是司空見慣的事嗎？或者是難得一見？松田連這都搞不懂了。他聽見惠美的聲音，「你根本不懂什麼社會。」

抵達目白站，朝著惠美寫給他的住址在大馬路上前進，心中掠過那個女人以前也走過這條路的感慨。從與同事合租的住處，前往酒店上班的每一天。松田的想像裡，浮現蜷著背、目光低垂地往前走的長髮女子身影。她在每天的生活裡都想著什麼？陰沉的假笑背後，隱藏著何種身世？

松田也再次思考和惠美的對話。也就是爲何坂東組的黑道不許惠美說出女人轉移到銀座俱樂部的經緯。

和其他採訪到的小姐說的「特攻隊」的傳聞放在一起思考，便浮現出一個情節——有個專門招待財政界要人的賣春組織，而坂東組就是它的老闆。若是爲了隱藏賣春組織的存在，惠美的男友會不許她說出去，確實合情合理，但最後一點怎麼樣就是讓松田無法釋懷，那就是女人被殺了。這個假說與殺人這個重大犯罪之間，有著無法解釋的跳躍。或者遇害女子製作了與她上床的要人名單，想要公諸於世？然後遭到殺人滅口？

結果連死在平交道的女子的名字都不知道，只有疑問愈積愈多。你不是記者嗎？松田鞭策自己。掌握證據！查出眞相！

女人和惠美合租的公寓很快就找到了。是從大馬路拐進巷道的三層樓建築物。一個樓層有六個小巧的陽台並排著。

惠美寫的房號是二〇五。松田找到位置，仰望二樓窗戶，天已經黑了，房間卻沒有燈光。過去在那個房間裡，長髮女子教室友怎麼折小鳥，說起兒時的回憶——完全想像不到後來不到一年，自己就會慘死刀下。

松田進入公寓玄關，想要打聽，卻沒看到駐守的管理員。他直接上去二樓，各別詢問二〇五號室的兩鄰。一邊是老人，另一邊是中年婦人應門，兩人皆同意受訪，但對於住到去年春天的鄰居，都說一無所知。

松田離開公寓，再次將二〇五號室陰暗的窗戶烙印在眼底，前往通往車站的商店街。

他尋找女子生前可能光顧的店家，隨機探聽，但是在商店街，看到女子照片的商家老闆和員工也都搖頭說「沒印象」。與他們一起再次看到照片的松田發現了一件事。長髮女子在沒有裝出不自然的假笑時，相貌應該普通到不會讓任何人留下印象。

松田無奈，折回目白車站前，懷著起死回生逆轉勝的決心進入電話亭。必須追查女子身世的唯一情報，惠美說的「父親以前是一家大飯店的老闆」。

他打電話的對象是專門經手企業倒閉消息的信用調查公司。這裡和《女性之友》的出版社每年簽約，隨時都可以詢問。

松田問接聽電話的調查部門承辦人員，「每年倒閉的飯店，平均大概有幾家？」

「若是旅宿業這個範圍的話，倒閉件數每年約有五十家。」

假設長髮女子是二十五歲，那麼在她活著的期間倒閉的旅宿業者，數量輕易超過千家。「其中扣掉小規模旅館或民宿，只限大飯店的話，大概有多少家？是土地裡有游泳池的大飯店。」

「資本規模那麼大的話，大概一成左右吧。」

但還是超過一百家。要調查每一家老闆的家庭成員，實在不切實際。記者只有自己一個人。這時松田第一次擔心起稿件的截稿日期。剩下的採訪時間只剩下半天。即使勉強要求延長，最多也只能寬限三天。

松田道謝，放下話筒，翻閱電話簿，找到古老的聯絡資料，按下號碼。是他還是機動記者時，曾經仰仗幫忙的飯店業界雜誌的編輯部。

「啊，你好。」接聽電話的總編還記得松田。

「不好意思突然問個奇怪的問題。」松田先這麼開場，接著詢問，「過去二十五年間倒閉的飯店裡，你聽說過老闆自殺，或是一家失散的事嗎？是有小女兒的家庭。」

「唔，應該也是有這種情況吧。」對方以困惑的口吻回答，「可是我想不到什麼具體例子呢。畢竟我們只會採訪倒閉這件事而已。」

「我想也是。」松田也不得不這麼回應。

「很急嗎？」

「要是能在一星期內知道就太好了。」

「那我來問問底下的記者，有什麼消息再聯絡你。」

「謝謝。」

松田抽出電話卡，走出電話亭，北風撲上來吹動大衣衣襬。長年來的經驗，讓他明白一步一腳印的採訪幾乎都是白費工夫，但還是感到心情鬱悶。總覺得所有的一切都在阻止他調查女人的身分。他考慮回家前找家店喝個一杯，但想起刑警荒井說要聯絡，只得踏上歸途。

晚上十點過後，荒井打電話來了。

連澡都沒洗在等電話的松田，也因爲先前的深夜怪電話，聽到話筒彼端刑警的聲音時，鬆了一口氣。

「噢，阿松，拖晚了。」

荒井好像是回家路上用公共電話打來的，背景混雜著街上嘈雜的噪音。「白天說到一半，那起酒店小姐命案，我耳聞到一件事，想跟你說一聲。」

「是什麼事？」

「檢察官好像在埋怨審理不順利。」

沒想到命案審理的松田被勾起了興趣。

「出了什麼問題嗎？」

「檢察官說被告島地有私選辯護人，卯起來幫他辯護，要求重新鑑定被告的精神狀態之類的。」

「我記得島地勇被逐出幫派了，對吧？」

「對。一般來說，應該都會請公設辯護人。」

「是誰替他請私選辯護人的？」

「這我不清楚，但一定是坂東組派的吧。」

假設島地勇是爲了強姦而攻擊路過的女人並加以殺害，幫派不可能對他如此照顧。荒井的情報，果然顯示了那起命案是坂東組的組織犯罪。

岡島惠美的證詞內容也印證了這件事。在女人跳槽到銀座俱樂部的同一時期，坂東組成員出現在惠美面前，與她成爲男女朋友，禁止她說出女人跳槽到俱樂部的事。而且就在女子遇害的那個時期，帶著惠美出國旅行，目的是否就是爲了阻止警方調查到被害人唯一的朋友惠美身上？當紅酒店小姐惠美能在年底生意火熱的時期請長假，一定是幕後老闆坂東組的意思。

不過即使描繪出如此明確的情節，最根本的謎團還是完全沒個譜。爲何有必要如此大費周章隱瞞女子的身分，並且殺害她？

松田想，若是能採訪到島地勇就好了。如果是黑幫命令他殺人，至少也會告訴他要殺的對象名字吧。但即使想直接採訪本人，他人也被收監在看守所，困難重重。在日本，刑事被告禁止會見媒體。

「有沒有辦法見到島地？」

松田問刑警，得到乾脆的否定「不可能」。

「而且那傢伙在偵訊中一個字也沒透露，就算記者去見他，結果也一樣。」

「確實。」

「我要說的就這些，雖然不曉得能不能派上用場。」

「不會，很有參考價值。謝謝荒井大哥。」

「還有，補充一點，今晚那個三號平交道發生人身事故了。」

「哦？」這也令人意外，「不是單純有人闖平交道？」

「嗯，有人死了。是男女殉情。」

松田陷入一種不可思議的感受。他覺得這與先前一路採訪的平交道鬧鬼傳聞相當格格不入。

「因爲司機看到有人闖進鐵軌的瞬間，所以確定是意外事故，不是刑事案件。也多虧了這樣，我才能這麼早就回家。」

「那起殉情案，狀況有沒有奇怪的地方？」

「你是指……？」

松田苦思著該怎麼說，「有沒有看到其他人影，或是只有女人消失……」

「難不成你要說有個女殺手嗎？」荒井發出笑聲，「狀況沒有可疑之處。是男人拖著女人衝到列車前面。不是單純殉情，是強迫殉情呢。」

松田皺眉，心想那一幕肯定極爲驚心動魄。

「說到奇怪的地方，那兩個人居然預先準備了花束。」

「花束？」

「嗯。不曉得是不是給自己的餞別，他們跳軌的平交道外面，擺著一把全新的花束。」

「好奇怪。那對男女是什麼身分？」

「一對年輕情侶。身分交通課會去查證。男方的遺體有刺青，應該是混道上的吧。」

聽到這裡，松田猜到了。一定是吸毒吸到失去理智，跑去殉情。有時毒蟲犯下的殺人案，手段之淒慘，根本就是瘋狂，松田還曾經在寫報導時隱去犯行的詳細情節。

「名字就好的話，現在就可以告訴你。」

「我記一下好了。」松田拿起電話旁邊的原子筆，按在便條紙上。

「男的叫高田信吾，女的叫岡島惠美，年齡分別是——」

松田連忙打斷，「不好意思，女方的名字再說一次。」

「岡島惠美。」

松田整個人大驚失色。年輕情侶，男方是流氓，女方叫岡島惠美。不可能搞錯人。

「殉情？」

「不就這麼說了嗎?」

松田感覺聲音變得沙啞,「兩個人都死了嗎?」

「男方當場死亡,女的得救了。」

「得救了?傷勢呢?」

「重傷。」

他今天下午才剛見過惠美。在健身俱樂部揮汗運動,笑著離去的她,在當天就遭到男友強迫殉情,這種事有可能嗎?

松田安撫愈來愈混亂的腦袋,勉強想到了適切的問題。

「可以告訴我女方送去的醫院嗎?」

接下來不到三十分鐘,載著松田的計程車便抵達了位於大橋的大學醫院。跑向急診櫃台的路上,松田發現了一件事。這裡是一年前,三號平交道發現的女人遺體被送來的醫院。因爲時值深夜,醫院玄關沒有人,大廳的燈光就只剩下常夜燈。

松田找到櫃台窗口,詢問裡面上了年紀的警衛,「我是因爲事故被緊急送醫的岡島惠美的朋友,可以見她嗎?」

「你叫什麼名字?」

「敝姓松田。」

警衛拿起內線話筒,向護理站的護士徵求同意。花了一點時間,對方才回應,「護士說她住在單人房，可以見面，不過不能超過三十分鐘。」

「謝謝。」松田在雙重意義上感到開心。同意會面，表示惠美意識清醒。聽到病房號碼後，松田搭電梯前往四樓。在護理站櫃台填寫會面登記時，即使不願意，他仍想起了探望妻子那時候。後來松田不管病得再嚴重，都絕對不願意踏進醫院裡。

照明熄滅的走廊最深處，有一間病房門縫間透出燈光。松田確定房號，敲了敲門。裡面傳來意外穩定的聲音，「請進。」

松田開門，探頭看裡面。他打算如果惠美的家人來看她，就立刻告辭，但惠美只有一個人。她在房間中央的床上坐起來，背靠在枕頭上。縮起的雙肩顯得格外纖弱無力，可憐得讓松田幾乎亂了方寸。

惠美轉向他，小聲說，「啊，松田大哥。」臉部左側貼了塊大大的紗布，脖子也浮現內出血的赤紅色瘀傷。

「身體怎麼樣？還好嗎？」

「還好。」惠美堅強地回答。

感覺可以正常對話，松田暫時放下心來，「我可以進去嗎？」

「請進。」

松田進入病房。惠美把可動式床桌拉到胸前，正在用上面的臉盆洗手。

「傷得怎麼樣？」

「全身擦挫傷，腳骨折，醫生說要一個月才會好。毯子底下是石膏。」

「可是，幸好是會痊癒的傷。」松田在床邊的椅子坐下來，「需要什麼東西嗎？我明天可以買給妳。」

「謝謝，目前沒缺什麼。」

松田考慮下次來探望時，買一束花送她。那是妻子住院時最感到開心的禮物。

惠美用肥皀搓洗著左手，「倒是松田大哥，你是聽到平交道的事故才過來的吧？」

「嗯。」松田點點頭，卻感到訝異。既然惠美自己說「事故」，那麼平交道的慘劇不是強迫殉情嗎？

「你知道那時候跟我一起的人怎麼了嗎？我好像昏過去了，什麼都不知道。」

松田窮於回答，盯著惠美看，原來她還不知道未婚夫已死的噩耗。

「喏，就是你在店前面看到的我男友啊，他叫高田信吾。」

松田仍在遲疑，惠美又接著說，「反正明天就會知道了，不要瞞我。他死了嗎？」

松田思考。自己會來到這裡，不是爲了工作，應該是爲了陪伴惠美。不知道未婚夫是否安好，一個人度過不安的夜晚，和現在得知事實，應該選擇哪一邊，是昭然若揭。

「很遺憾。」松田小心措辭地說，「事故現場的另一名男性沒有得救。」

惠美的眼神暗了下來，「這樣啊。」她寂寞地說，視線低垂，又開始在臉盆裡洗手。

松田尋找該說的話，卻想不到安慰的詞句。他從經驗上知道，這種情況說些陳腔濫調的鼓勵，只會讓對方不耐煩。松田無奈地改變話題，「要幫妳拿毛巾嗎？」

「還不用。」惠美向松田展示紅腫的左手。無名指根部，嵌著鑲有透明寶石的婚戒。

「我不是在洗手，是戒指摘不下來。」

惠美是想要用肥皀水讓摘不下來的戒指變滑。

「這已經不用了。因爲事故前，他就不是我的未婚夫了。」

「什麼意思？」

「他說他會跟我交往，是上頭的指示。」

上頭一定是指坂東組的幹部。惠美不曉得是否刻意爲之，但她道出了與一年前的命案有關的線索。

「我被騙了。」惠美搓弄著摘不下來的戒指，「是他親口告訴我的。信吾是爲了封住我的嘴，才跟我在一起而已。他說他只把我當酒店小姐，根本瞧不起我，只是裝出愛我的樣子而已。」

松田有股想要追問的衝動，但他任由惠美說下去。隨著壓抑的情感湧上心頭，惠美斷斷續續的話聲抑揚開始變得不受控，「我以爲終於能夠幸福了，結果全是假的。我太傻了，所以信了他的話。幹這一行，每個人看我的眼神都不一樣了，所以收到這只戒指的時候，我眞的好開心。」

這時，戒指忽然停止了抵抗，滑出了無名指。惠美見狀，肩膀一顫，彷彿第一次感到失落，很快地潸然淚下，「我好想死。」

松田懷著些微的驚訝，注視著爲他代言心聲的女子。妻子過世以後，松田一方面恐懼著死亡，另一方面卻也懷抱著想要主動尋死的危險衝動。

惠美的淚水化成欲斷未斷的細絲，綳緊了兩人之間的空氣。松田抵抗著這股氛圍，開口，「我以前也是一樣的感受。妻子先離開以後，就一直……」

惠美抬頭看著松田。

松田對她微笑地加了句，「可是，我現在還活著。」

雙頰淚濕，露出求救眼神的惠美扭轉上身，伸出雙手。松田探出身體，承接她受傷的身體。待彼此的體溫充分傳達給對方後，兩人解開了擁抱。松田很羨慕與男友認識短短一年就與他死別的惠美。

「謝謝你，松田大哥。」惠美以鼻音說。

松田起身去洗手間，抽了幾張裡面的擦手紙回來。惠美接下擦手紙，撫慰地擦拭受傷的左手無名指。

松田想，今晚就別打擾她了，想要收拾已經結束任務的臉盆。結果惠美說，「你可以再待一下嗎？我有話想跟你說。」

松田停手。他感受到惠美振作起受傷憔悴的心，要爲他作證某些事。

「信吾跳到電車前面之前，平交道發生了怪事。」

「怪事？」

「嗯。」惠美點點頭，蹙眉收住了話。她的表情不同於先前的悲嘆，透露出狐疑、訝異等的別樣情緒，「今天傍晚，我跟松田大哥道別後……」惠美讓聲音鎮定下來，開始向記者述說自己的體驗——

在赤坂的大樓屋頂和松田道別後，惠美走路回到她住的公寓。今晚她休假，預定和未婚夫約會。

惠美提早妝扮好，在高田信吾來接她前的空檔，先處理完在家的工作。每天要做的工作很多，像是更新指名客的名單、打電話問候客人，聯絡感情。也得瀏覽好幾份報紙，在陪客時才能跟上任何話題，但唯獨這時，從松田那裡聽說的命案沉重地壓在心上，讓她心神不寧。讓惠美的情緒黯淡的，不光是對前室友的哀悼而已，還有對未婚夫的疑心。

高田信吾就像平常那樣，比約好的時間晚了一些才到。他率性地穿著高級西裝，沒打領帶的胸口散發出濃濃的麝香古龍水味。

「要去哪？」他問，惠美要求帶她去花店。信吾也不問理由，開車前往青山的鮮花店。惠美在那家店買了一束花。她想了一下曾經同住過一段時間的朋友喜歡什麼花，卻毫無頭緒，選了嘉德麗雅蘭、聖誕玫瑰、非洲菊這些當季切花。她覺得只有白花太沉悶，在配色上增添了一些色彩。

回到車上，在駕駛座等待的信吾問，「接下來呢？」

「去下北澤。」惠美要求，「從環七進去的地方，有一座平交道。」

這時信吾也依言開車。雖然聆聽女友的要求，態度卻有些漠不關心、疏遠。

在遇到松田很久以前，惠美就對未婚夫感到不信任了。自從收到訂婚戒指後，這半年來只要她提到辦結婚登記的日子、預約婚宴會場等令人雀躍的話題，信吾便不斷左右閃躲。惠美懷疑他眞的有結婚的意思嗎？但總覺得當面質問，會讓即將到手的幸福溜走，因而害怕得不敢開口。而且她也單純地感到疑問，如果根本不打算跟她結婚，爲何要送她訂婚戒指？她也自己想了個煞有介事的理由，說信吾因爲職業特殊，可能是因爲工作上的問題，沒辦法預做安排。

可是從出現在店裡的松田那裡得知前室友遇害，模糊的疑問被明確的疑惑取代了，那是伴隨著恐懼的疑惑。信吾是否和命案有關？他會和自己交往，目的是不是爲了阻止她說出室友的身世，而非出於戀愛感情？

信吾的車子抵達下北澤街區外的窪地。擋風玻璃另一頭，高高的土堤像牆壁一樣延伸出去。惠美凝目細看，找到位於土堤右邊的平交道。平交道在黑夜之中，浮現在常夜燈的照耀下。

「我要在這裡下車。」惠美說，信吾便尋找可以路邊停車的地點，在彎進巷子的地方停車。近旁有一棟像廢屋的木房子。年久失修的木拉門沾附著某種抹上去的大片黑漬。原來下北澤也有這麼陰森的地方，惠美感到意外。

信吾熄掉引擎後，走出鴉雀無聲的馬路問，「來這裡幹麼？」

「我朋友在這裡的平交道過世了，所以我想給她獻個花。」

「是喔？」信吾無甚興趣地點點頭。

「而且，我也想跟她報告我們的喜訊。」

「結婚結婚，何必那麼急？連登記都還沒辦哩。」

「對不起。我實在太開心了，所以……」

信吾朝路邊啐了口口水。

惠美站在壞掉的自動販賣機前面，仰望三號平交道。想到室友一個人倒在那裡死去，即使遠遠地看，也不禁感到卻步，無法再往前進了。案發的一年前，一定也和今晚一樣，寒冷刺骨。連本名都沒有透露就死去的朋友，死得有多麼地寂寞、淒慘？想到這裡，同情再次湧上心頭。然而惠美懷抱的令人垂淚的哀傷，卻被信吾的話給打消了。

「妳那個朋友是誰？」

惠美望向未婚夫，不放過他任何一點表情變化，「就她啊。」

「她誰啊？」

「去了銀座的她。」

這時，遠方的平交道開始作響，音量大得令人意外。

信吾表情木然。對惠美的話，他沒有特別反應，交互看著平交道，還有自動販賣機後面的廢屋。

「聽說她一年前死在這裡。就是我們去夏威夷的時候。信吾，你是不是知道這件事？」

未婚夫默默無語，慢慢地把臉轉回惠美身上。眼神變了。其中有著過去絕對不會對惠美露出的赤裸裸敵意。

「喂，妳聽誰說的？」信吾的聲音因憤怒變得模糊，逼近惠美，「誰告訴妳那個女人死了？」

對惠美來說，信吾的變臉完全出乎意料。信吾露出了身為黑幫成員的眞實面孔。惠美發現自己不知不覺間踏進了危險的領域。

「這不重要吧？」

「哪裡不重要了！給我說！」

惠美想要敷衍過去，但立刻把話吞了回去。因爲四周突然被一片寂靜籠罩了。往坡道上望去，電車還沒有通過，平交道卻停止作響了。好奇怪——這個念頭一起，一團寒意觸碰惠美的後頸，背脊竄過一陣厲寒。

「我知道了，是昨天的客人嗎？」信吾步步近逼，「那混帳跟妳說了什麼，是吧？」

「不是！」

「那傢伙是記者嗎？」

「就說不是了！」

「那妳幹麼又提那女人？不是那樣再三交代過妳，不許插手這件事嗎！」

「可是她是我朋友啊！」

「朋友？把人家說得那麼難聽，還敢擺什麼朋友嘴臉？」

惠美望向雙手環抱的花束，她好想哭。

「好吧。」信吾嘔氣地歪著嘴笑了，「既然妳那麼想知道，就告訴妳吧。那個女的是我們組殺的。」

惠美驚愕抬頭，「你們殺的？」

「對。不過既然聽到這件事，妳也別想全身而退了。」

雖說已經某程度猜到了，但信吾的話依然讓惠美崩潰。這時，平交道再次響起了警報聲。警報燈明滅的紅光，讓惠美更加混亂了。她覺得所有的一切都亂了套。來到這處窪地以後，一切都失常了。

「輪到妳了。」信吾戳惠美的肩膀，「妳跟那個客人說是我封的口嗎？是吧！」

惠美害怕連累松田，「我沒說！我什麼都沒說！」

「少裝傻了，妳這個婊子！」

惠美的視野爆出一陣火花，是信吾毫不留情地摑了她一記耳光。即使是自小習慣暴力的惠美，也被未婚夫的一掌打得飆淚。一直以來，惠美所愛的男人，不管是父親還是男友，每個人都對她拳打腳踢，她還以爲只有信吾不一樣。

充塞著強烈耳鳴的聽覺中，斷續傳來平交道的警報聲和信吾的怒吼，「我會被派來跟妳這種小姐在一起，都是爲了堵住妳的嘴！」

「被派來？」

「對，沒錯！結果妳居然給我捅這種婁子，要我怎麼跟上頭交代！給我說！銀座的事妳說了多少？」

信吾的右手高舉至肩。這次不是巴掌，而是握拳。惠美預期會被打斷顴骨，反射性地縮起脖子，雙手護住腦袋。

這時，一道樹幹斷裂般的聲音突如其來地響起。聽到清脆的破裂聲，瞬間惠美以爲是自己的骨頭斷掉了。因爲暴露在殘酷的暴力中，對於身體承受的危害，人有時候會彷彿置身事外。然而身體沒有任何痛感。她提心吊膽地睜開眼，只見信吾維持準備毆打的姿勢，靜止不動。

這時，空無一物的空中再次傳來壓斷大樹般的聲響。比起不知其來何自的怪聲，惠美更對信吾的樣子感到奇怪。他表情空洞，兩眼失去了光芒。

「信吾？」惠美呼喚，也沒有應答。她按著發痛的左頰，嘴巴開合了幾下，想要甩開耳鳴，接著放聲大喊，「信吾，你怎麼了！」

信吾痴呆的眼神離開惠美，循著通往平交道的坡道緩慢地移動。惠美發現他是在看移動的人，回頭看上坡，但那裡沒有人。

「搞什麼，那女的不是還活著嗎？」信吾說，「她去平交道幹什麼？」

「你在說誰？」

「那女人啊。她不就正往那裡走嗎？」

這時，惠美也感覺到有人行經夜晚的路上，然而眼前沒有任何人影，「沒有人啊！」

「有。」信吾瞪著放下遮斷機的平交道走了過去，「不行，得收拾她才行。」

「信吾，等一下！」

惠美慌忙追向未婚夫，但信吾從奔跑變成全速衝刺，一眨眼就甩掉了惠美。他前方的平交道顯示燈號告知上行電車靠近了。惠美預感慘劇即將發生，雖然穿高跟鞋的腳扭到了，仍強忍疼痛繼續奔跑。

信吾衝向三號平交道，被遮斷機攔腰擋下，整個人往前栽地停下腳步。他嘖了一聲，推起桿子，就要跑進軌道。這時追上來的惠美從後方抱住他的身體，想要把他拉回馬路。信吾怒吼，但他的叫聲立刻被汽笛巨響蓋過了。列車拐過急彎駛來，車頭燈照亮兩人，以驚人的高速衝進平交道。

惠美尖叫起來。雖然她瘋狂地緊抱住未婚夫的腰部，卻不可能攔得住殺氣騰騰的流氓。信吾拖著惠美，以彷彿要撲向看不見的什麼人的姿勢跳向列車前方。

隨著人體破碎的殘酷聲音，惠美也被撞飛了。被拋到空中的身軀，被無法抵抗的力量旋轉著。地面化成覆蓋視野的黑暗逼近，她覺得自己就要死掉了。最後看到的，是掉落在平交道前面的花束。

失去時間感的惠美感受到隱約的震動，睜開眼睛時，已經置身救護車裡——

惠美說完殉情事件的來龍去脈，恍惚地看著放在桌上的戒指。最後她加了句，「一個月就能痊癒，我運氣很好吧？」但眼神卻與這句話相反，顯得落寞，「這就是今晚發生的一切。在那個平交道，一切都結束了。」

松田感到困惑。惠美所說的內容，與透過一般採訪得到的證詞大異其趣。松田俯瞰鐵道事故，決定將明確的事實與其他區別開來談。

「明天——」松田從實際的建議說起，「警方應該會來問話，妳要把事故發生前所有事情原原本本地說出來，可以嗎？」

高田信吾的言行證明了一年前長髮女子遇害的命案，並非小混混臨時起意的犯行，而是坂東組犯下的組織殺人。只要惠美的證詞從交通課傳達到刑事課，就可能成為重啓調查的契機。

「嗯，我會這麼做。」惠美回應。

松田感到滿意。只要成為刑事案件，警方介入調查，也可以保障惠美的人身安全吧。

「還有，我確定一件事，他有沒有吸毒嗑藥？」

「沒有。他說幫裡禁止吸毒。他的手上也沒有針孔的痕跡。」

高田信吾的異常行動，不是毒品幻覺所造成的。松田從別的方向切入，「妳說在他失常之前，聽到像樹木折斷的聲音？」

「對，劈哩啪啦的聲音。就好像什麼信號一樣，信吾整個人變得不對勁起來。」

「那聲音是從空無一物的空中傳來的嗎？」

「嗯，我聽到兩次，絕對不是幻聽還是聽錯。」

松田回想起當成參考資料買來的鬼故事書籍當中的描述。空無一物的空間傳出的清脆破裂聲，被稱為「敲擊音」或「騷靈音」，據說是靈異現象發生的前兆。與惠美的交談中，松田從來沒有提到三號平交道的怪事，因此可以排除先入為主觀造成錯覺的可能性。惠美一定是眞的聽到了怪聲。

「不光是怪聲而已，在那之前，本來已經在響的平交道警報聲突然停了，一切都很怪。」

惠美停頓片刻，放低了聲音繼續說，「我覺得那裡還有另一個人。」

「意思是……？」

「她——」說到一半，惠美看向松田，「也讓我問個問題。她過世的時候，是什麼狀況？」

「什麼狀況……？」

「她朝平交道走去嗎？」

看來松田不必說什麼，惠美也悟出女子最後的狀況了。高田信吾死前恐怕是看到了在路上滴著血經過的女子。然後他追了上去，跳到列車前面。

「確實，她在即將過世前，從窪地底部走到了平交道。」

惠美抱住自己的肩膀，撫摸著受傷的身體，「我覺得是她保護了我。那個時候我什麼都沒看到，但感覺到人的氣息。就好像有人走上了坡道。」

「也就是——」松田尋找間接的說法，卻想不到能怎麼說，只好直接點出來，「她的亡魂？」

「對。是她轉移了信吾的注意力，免得我被打得更慘。」

松田不想否定這個解釋。長髮女子從流氓的暴行中，解救了唯一的朋友惠美吧。這就像是每個人都有的信仰，相信祖先的靈魂會保護自己一樣，松田很自然地接受了。

「松田大哥，」惠美抬頭，眼中帶著堅強的光芒，「已經沒有人可以阻止我說出來了，所以我全部告訴你吧。辭掉中野的酒店以後，她下落不明，是因爲被送給政客當情婦了。」

松田意外地盯著惠美。

「銀座的俱樂部從其他酒店找來小姐，她被挑中了。」
在不明白詳情的狀況下，沉重的衝擊在松田的內心擴散開來。這是只有掌握到超級頭條時才會感受到的情緒，「一群女人被找來，給政客挑選當情婦？」
「對。全是瘦巴巴的女生。是坂東組指示的。」
松田的意識離開靈異現象，很快地恢復了身為社會案件記者的嗅覺。他在腦中迅速搜尋有無顯示坂東組與政界關係的資訊，接著提問，「那家店叫什麼？」
「『夏芙隆』。」
「是什麼時候？」
「去年四月。」
「挑選她當情婦的政客叫什麼？」
「一個叫野口的人。最近常在電視新聞看到他。」
松田難以置信，確認地問，「野口進？」
惠美明確地點頭。
松田的眼底，清楚浮現出在執政黨總部大樓看到的代議士身影。年過六旬，一張臉仍散放出渴求權力的下流欲望的老人。儘管身陷圍標疑雲，仍即將成功從究責中脫身的執政黨台柱。
「確定嗎？妳怎麼知道的？」
「是她親口告訴我的。我們不再合租，要解約目白的租屋處那時候。後來信吾也一再要我不許說出去，所以錯不了。」

長髮女子會突然杳無音訊，是因爲被重量級政客當成情婦包養起來嗎？

「知道她搬去哪裡了嗎？」

「這我就不知道了。」

松田陷入沉思。身處權力中樞的人在外面有情婦，這不是什麼稀罕的事。松田還知道有個代議士擁有三妻四妾，把生下來的孩子全都認領了，戶籍謄本變得像小冊子一樣厚。這類醜聞不勝枚舉，但大媒體的記者爲了討好當權者，不會寫出來。不僅如此，女記者當中甚至有人主動投懷送抱。過去有個總理大臣被情婦爆料不正常關係，上任短短兩個月就被迫辭職，但這類例子少之又少。因爲讓政客包養，也能得到十足好處。

然而即使惠美說的是眞的，依然有讓松田無法釋懷的部分。從過去的案例來看，只是政客包養情婦可能曝光，應該不至於演變成殺人滅口。

「他還有沒有說什麼？坂東組是爲了什麼理由而殺了她？」

「這我就不知道了。他告訴我的，只有我剛才告訴你的那些。」

松田忽然想到野口進置身的窘境。揭露政客與建商官商勾結的大規模行賄事件。若這件事與平交道的命案有關，會浮現怎樣的情節？

松田在腦中將當事人的關係畫成相關圖。政客、建商、黑幫，消失在三者狹縫間的一名妓女——

這時敲門聲響起，松田和惠美都驚訝地回頭。房門往旁邊滑開來，護士客氣地探頭進來，「會面差不多可以結束了嗎？」

松田看看手表，老早就超過限制時間的三十分鐘了。他說了聲「抱歉」，站了起來。

護士消失在門外後，惠美激動地說，「松田大哥，她還在那個平交道。她上不了天堂，還在陽世徘徊。請你一定要揭露政客的惡行。這樣下去，她會死不瞑目。」

「我知道了。」松田簡短地應道。野口進的話，一定知道那個女人的本名。

「我會試試。」

最後松田要求惠美不要把代議士的事告訴警方。因爲若是當權者被懷疑涉入命案，警方的偵辦不知道會受到什麼壓力干涉。對於這個建議，惠美也點頭同意。她那麼聰明，一定會聽從松田的指示。

離開病房時，松田回頭，看見惠美彷彿耗盡力氣一般，上身無力地靠在枕上。松田注視著踏上與短短數小時前截然不同人生的她，不由得爲她祈禱將來的幸福。

「我會再來看妳。」松田說，關上房門。

7

隔天，松田在公司大樓地下一樓的小睡室醒來。這裡是只擺了一張小床、壓迫感十足的小房間。

前晚他從惠美送醫的醫院直接前往公司的資料室，重新調查野口進的經歷，以及現在進行式的官商勾結疑雲。

野口六十三歲，是當選多達十一次的資深議員，歷任建設大臣、執政黨幹事長等要職。現在他自立派閥，傳聞都說他透過與黨內中堅人士的密約，已經保證會得到兩屆之後的總理總裁寶座。

另一方面，揭發政客與建商勾結的行賄案，大肆行賄的多名建商老闆，以及收取賄賂的政客，合計共有三十四人遭到逮捕，發展成大宗貪瀆案。然而以收賄罪被起訴的，幾乎都是市長和縣知事等地方政府首長，中央政界裡，被問罪的僅有一人。眾多國會議員儘管從大建商手中收取極具違法性的獻金，卻因爲職權模糊的理由，未能成案。而松田從政界新聞被調到靈異採訪的這一星期，對野口進的收賄罪也已經裁定不起訴處分了。

松田必須查明的問題，是這起貪瀆案與下北澤三號平交道的命案是否有關。

岡島惠美作證提到的政客與黑幫的關係，可以判定可能性極高。畢竟短短數年前，在黨魁選舉跳出來參選的重量級政客，也是得到跨區域黑幫的協助，才剛贏得了總理大臣之位。自由民眾黨的台柱，都在明裡暗裡與黑幫或極右派黑手保持接觸，利用他們來維持權勢、非法斂財。那麼，把政客情婦遇害的案子放在這些政治背景的延長線上，會浮現何種假說？

結果，一個從未想過的單純情節在松田的腦中閃現出來。惠美的證詞，會不會就是完成複雜拼圖的最後一片？松田查了幾份資料，對自己一套假說的正確度更有自信。接下來就是要如何求證。現在證人只有岡島惠美一個人，就算酒店小姐出面指控政界醜聞，也不會有人當一回事。

朝陽初升時才離開資料室的松田，覺得回家也麻煩，直接進入公司大樓地下的小睡室。鑽進毯子裡閉上眼睛，可能是神經過度興奮，他遇到了所謂的鬼壓床。是入睡時大腦失調造成的身體麻痺。在身體無法動彈的焦躁感中，松田看到了幻覺。好像有個陌生女人站在枕邊俯視著他。松田拚命想要活動四肢，不知不覺間落入了淺眠。

中午時分他醒了過來，麻痺卻完全沒有散去。他洗過臉，爲沉重的身體穿上衣服，上去編輯部，結果井澤總編和影劇記者川瀨離開各自的座位過來了。

「銀座俱樂部的事，」井澤滿意地說，「川瀨立刻幫我們查了。」

「查到了什麼嗎？」松田問影劇記者。

「有，雖然不知道有沒有幫助。去那邊說吧。」

三人移動到窗邊的接待區，在沙發坐下來。

川瀨從剪裁合身的西裝口袋掏出照片，還給井澤，「這個女人的姓名等等資料雖然沒有查到，但聽說她在去年四月，在一家會員制俱樂部體驗入店。」

松田問，「什麼叫體驗入店？」

「就是正式錄取當小姐前的試用期。銀座的高級俱樂部會先測試應徵者有沒有辦法達到職業要求。當時好像有多名女子輪流進店裡體驗，但這些人都身材平板，所以客人和員工都很疑惑。因爲酒店小姐的評選基準，首要條件就是上圍要夠豐滿。」

「也就是去的都是些乾扁的女人？」

「沒錯。結果後來好像一個都沒有錄取，照片上的女人也消失了。」

「那家店叫什麼？」

「『夏芙隆』。」

川瀨的說法完全印證了惠美的證詞。松田的疲勞減輕了一些。

「這家店是會員制，所以沒辦法進去。以前在那裡工作的服務生說，內部裝潢和其他高級俱樂部差不多。桌位有十五張，有一個包廂。會員全是財政界和演藝圈的大人物。我查到的就只有這些。」

「幫助很大，謝謝你。」

「不會。」川瀨也沒有施恩於人的樣子，「如果還有什麼需要幫忙的，不用客氣，隨時跟我說。」他留下這句話離去了。

「很有一手吧？」井澤如此稱讚王牌影劇記者。

松田也點了點頭，確認四下無人，壓低了聲音，「我有兩件事要拜託。」

「什麼事？」

「我想直接採訪野口進，可以請總編親自發出採訪邀請嗎？」

「野口進？你應該被調離政界新聞了吧？」井澤說，但似乎立刻就發現原因了，小聲地問，「跟平交道的事有關？」

松田微微點頭，井澤難掩驚訝地盯著部下。

「採訪名義什麼都可以，請找個野口會答應的題目。」

「好，我知道了。」總編拍胸脯答應，「另一件事是什麼？」

「我想見兜町的石川，可以替我安排嗎？」

「兜町的石川」這個人，是一手掌握這個國家地下情報的黑記者。松田在機動記者時代見過幾次，但辭去報社工作後，也斷絕關係了。

「我來問問。」井澤站了起來。

有日本華爾街之稱的兜町，是情報可以直接變現的地區。石川隆志的事務所就在它的中心，東京證券交易所附近一棟商業大樓裡。

石川發行的《現代社會情報》這份資訊雜誌，是一般人不會讀到的迷你主題誌，只有支付昂貴訂閱費的企業和團體才能取得。內容全是五花八門、無所不包的醜聞，包括企業醜聞、政界內幕，甚至是黑幫動向等等。這份定期發行的雜誌之所以被分類爲黑新聞，是因爲幾乎所有內容都未經核實，或是來源保密；然而之所以不會惹上官司，是因爲被揭發醜事的一方也有利可圖。他們可以預先察覺自己的犯罪行爲正逐漸曝光，搶在被大型媒體揭露在陽光底下前，預先防範未然。提供示警的資訊，也是石川的工作。他輕易超過一億圓的收入，大半都不是來自於雜誌的訂閱費，而是向許多大企業收取的顧問費。

松田進入辦公大樓，這時電梯門打開，一名穿深色西裝的四十多歲男子出來了。松田一眼就認出那是誰了。是警視廳的搜查二課長。這名警察官員也是爲了石川的情報而來到兜町的吧。松田裝作沒發現，乘上電梯，前往樓上。

在約好的時間按下門鈴，裡面傳出應答聲，「請進。」金屬門內側一進玄關，前方就是一面牆，往右延伸的通道前方是石川的辦公室。那是一個與超級情報販子不匹配的狹小單調房間，僅約三坪大小的空間裡，光是辦公桌、檔案櫃和沙發組就完全塞滿了。掛在牆上的預定表寫的是俄文，即使訪客看到，也看不懂內容。

「啊，松田先生，好久不見。」石川迎接說。他個頭矮小結實，嘴唇抿成一字型，陰暗銳利的眼睛在面對信任的對象時，似乎會變得柔和，但松田還沒有見識過那張笑容。

「久疏問候，真是抱歉。我換了東家。」松田遞出名片，順著對方勸坐，在沙發坐下來。

「那，」在對面坐下的石川省去一切形式上的寒暄，切入正題，「聽說你要打聽政治人物？」

「是野口進。」松田也開門見山地回應，展開情報這項商品的交易，「我耳聞他在外頭包養情婦。」

「情婦？不是要問官商勾結？」

「對。聽說他包養銀座高級俱樂部的小姐當情婦。」

「喔？」雖然只有一點，但石川的表情放鬆了。他主要的工作場所不是這間狹小的辦公室，而是夜晚的銀座。從內閣調查室職員到黑幫幹部，他招待所有情報來源到高級俱樂部，在觥籌交錯間交換情報。據說他每年的接待費用不下一億圓。再也沒有比石川更深愛銀座的俱樂部街、精通銀座的人了。

「是一家叫『夏芙隆』的會員制俱樂部。」

「知道那個小姐叫什麼嗎？」從石川這樣反問，松田看出他還沒有掌握到這項情報。

「還沒有查到，是一名清瘦的長髮女子。」

「大致上的消息，我都會聽說。」石川半信半疑地問。

松田發現野口進物色情婦的狡猾之處。讓其他酒店的小姐短期體驗入店，然後店家立刻與她們結束雇用關係，就算野口把其中一名小姐收爲情婦，周圍也不會發現。這件事連石川都不知道的話，感覺要證實似乎是不可能的事了。

「可是『夏芙隆』啊……野口議員和那家店的媽媽桑確實很好，聽說還替她出資俱樂部的開店資金。現在國會也休會了，他今晚左右應該會去露臉吧。」

石川暗示的是那家店的老闆娘也是野口代議士的女人。他是在對松田捎來的眞假不明的情報支付相應的代價。

「他一定會痛快地逍遙一番吧。」松田一面附和，謹愼地把話鋒轉往不同方向，「官商勾結的嫌疑那邊，似乎也已經順利脫身了嘛。」

「酒喝起來也特別美味吧。」

「結果是檢方沒那個幹勁嗎？我聽說三個月前就著手偵辦了。」

「不不不，特搜部從一年前就展開祕密偵查了。」石川透露已經失去價値的機密情報。

「去年底嗎？」

「對。」

松田滿意了，他得到證實自己的假說的決定性情報了。

監視地點的咖啡廳裡，吉村已經先到了。

這裡是銀座行道樹大道的大樓二樓。松田抵達的晚上七點，攝影師已經在窗邊就座，在桌椅間架起三角架，擺好陣仗，隨時都可以拍攝地面的動靜。這家店整面牆都是玻璃帷幕，最適合拍攝戶外。望遠鏡頭的前端裝了大型黑色遮光罩，防止玻璃倒影，同時從地面也不容易看到相機。

松田在桌子對面坐下來，吉村開口第一句就問，「天氣撐得住嗎？」

「還沒下雨。」

萬一下雨，吉村要拍攝的對象有可能被雨傘遮住。他的相機對準的是馬路對面的大樓，入口揭示的商家招牌板中，有意味著「白貓」的法文「夏芙隆」。

松田向女服務生點了咖啡，環顧寬闊的店內。接下來即將步入夜晚銀座的客人，正度過各自的時間，不是一臉等人的表情打發時間，就是談生意進入尾聲。樸素的大衣衣襬下露出紅色禮服的女子，是準備去俱樂部上班的小姐吧。吉村坐在靠通道的座位，用自己的身體巧妙地遮住窗邊的相機，避免被周圍這些客人發現。

「那，現在是什麼狀況？」吉村監視著夜晚的馬路問，「不是在採訪靈異事件嗎？怎麼會變成監視政治人物？」

松田確定前後桌位都沒有人，聲音壓得更低，「那女人被送給野口進包養。」

吉村隱藏住驚訝、保持普通客人的態度，「眞是太出乎意料了。」

松田扼要說明岡島惠美的證詞內容，接著說，「殺人動機也總算清楚了。根源是官商勾結貪瀆案。」

「那場疑雲的背後，居然有人死掉嗎？」

「沒錯。照時序整理，就能看出事件全貌了。首先，女人被野口包養是去年四月。隔年五月，野口向公平交易委員會施壓，要他們不再追查某家建商的圍標嫌疑。但是這件事因爲找不到野口和建商之間有金錢授受關係，所以沒有發展成行收賄問題。」

「榮興建設的事，對吧？」

「對。所以我昨晚關在資料室，翻董事人事錄查了榮興建設的高層名單，發現榮興建設和遊客公司的高層有多人重疊。換句話說，榮興建設是坂東組的白手套公司。」

吉村將視線從監視的大樓移開，瞪著半空中思考，「我還是不明白事件的全貌。」

「線索是野口成爲偵辦對象的時期。地檢特搜部開始祕密調查野口，和女人遇害的時間一樣，是去年十二月。」

但吉村依舊眉頭深鎖，松田給了他答案，「賄賂不是現金。那個長髮女子，就是給野口的賄賂。」

吉村睜大眼睛看向松田，後者指向窗外，提醒他別放鬆監視，繼續說，「野口進從坂東組開的建商那裡收了個女人，做爲回報，爲他們謀取方便。女人的住處、生活費，加上做情婦的報酬，林林總總加起來，一年應該要一千萬圓左右。但如果檢方在偵查中查到這段關係，情婦的存在還有野口和黑幫的關係都會曝光，已經到手的將來的總理黨魁的位置也會泡湯。所以他才會把唯一的證人──那個女人收拾掉。」

吉村終於深深點頭，「所以女人被殺掉之後，與她的身分有關的事物都被徹底抹消了。」

「沒錯。」

吉村注視著對面的大樓，憤憤地說，「眞是人渣。」

「這個國家的掌權者，全是人渣。」

「說曹操，曹操就到嗎？」吉村說，伸長了脖子。

擠滿了計程車的單行道小巷裡，一輛黑頭車靠近過來。在記者和攝影師守望下，轎車放慢速度，在「夏芙隆」所在的大樓前停下來。吉村坐著悄悄彎身，望向架在胸口高度的尼康相機觀景器。松田也用不醒目的動作斜眼觀察馬路。司機下車，畢恭畢敬地打開後車座車門，一個穿高級皮草大衣的中年男子走出夜晚的俱樂部街。是野口進。

吉村的尼康發出電動捲片馬達的低吟，捕捉目標。咖啡廳裡有幾名客人回頭看這裡，好奇出了什麼事。松田不理會周圍的反應，凝視著被權力餵養得痴肥的人渣身影。重量級政客散發出來的威懾感不是威嚴或風采，而是由內滲透而出的目中無人，因此不堪入目，幾乎讓人感受到腐臭。野口進就像戒心極強的動物，左右轉頭觀望之後，才進入小姐等待的大樓內。

吉村把臉從相機移開，小聲報告，「我把店招牌也拍進去了，但因爲是背影，只拍到側臉。進去的場面拍到了，等他出來吧。」

只要拍到走出大樓的場面，就能差不多從正面拍到野口進的臉。松田記下進入的時刻，問攝影師，「對了，你向咖啡廳取得拍照同意了嗎？」

「有。」

「拍照目的說是什麼？」

「『夜晚銀座的馬路觀察』。」吉村滿不在乎地說。

接著記者和攝影師續點了咖啡，進入等待時間。對面大樓的六樓，「夏芙隆」所在的樓層，野口進應該正讓眾多美女服侍著，沉醉在美酒當中。

松田望向底下，試了吉村說的「馬路觀察」。銀座的街景氛圍，顯然與新宿歌舞伎町大不相同。林立的外觀低調的大樓裡，每一處都被高級俱樂部占據，在路邊停下的計程車和雇車裡，像暴發戶的男人一個個走下車。扣上外套鈕釦裝模作樣的動作、趾高氣昂的步態，在在顯現出隱藏不了的虛榮。像花蝴蝶般在他們之間穿梭的小姐，恭敬地迎送恩客，或陪同他們來來去去，忙著錦上添花。

這裡是長髮女子以前走過的路。現在仍身分不明的那名女子，從和岡島惠美同住的目白租屋處來到這裡，消失在高級俱樂部的店內，渾然不知自己即將被獻祭。

松田取出一直放在胸前口袋裡溫熱的女子照片。無法抵抗淒慘的命運、隨波逐流地遇害的女子。在迎接悲慘的終局之前，她度過了怎樣的人生？讓每一個看到的人都感到陰沉的假笑背後，隱藏著什麼過去？松田對照片裡的女子問，妳到底是誰？

「松田大哥。」無所事事的吉村開口，眼睛仍盯著外面，「我從以前就一直想問，你怎麼會變成報社記者？」

松田抬頭，吉村又問，「因為你有種跟其他記者不一樣的氣質。」

「我從小就很會畫圖。」松田並非炫耀地說。

「畫圖？不是寫作文嗎？」

「對。所以我問高中的美術老師，我將來能不能成爲畫家？結果老師反對，說雖然我有繪畫天分，但畫家不是一個養得活自己的職業。」

而且在當時的社會環境中相當難得的，高中生松田家境優渥，能供他上大學。這都多虧了不知玩樂，兢兢業業地做著鐘表師傅工作的父親。「老師的意見是，我應該去讀四年制大學，畢業後進入報社，如果被派到文化部門，就能在工作中繼續接觸美術世界了。老師說報社的話，就算在校成績不好也能進去，在閒暇畫圖當興趣，就不怕畫技退步。所以我成了報社記者。」

「後來你進了文化部門嗎？」

松田搖頭，「我一直提出調動申請，但沒有通過。以前的文化部門是爲數不多的女職員的天下。結果除了在經濟和整稿部門待過一陣子以外，我一直都在社會部門。」

松田能夠一直留在報社的明星部門，除了父親遺傳的認眞工作的個性以外，也因爲他在組織裡沒有野心、不會扯別人後腿。其他同事給了他一個難說是尊稱還是蔑稱的稱號，「方便哥」。

「一年到頭都忙著追頭條，根本沒空畫什麼圖。」

「聽說社會部門的記者只有元旦能休假，這是眞的嗎？」

「嗯，好幾年連元旦都沒得休。」

吉村發出同情的呻吟。

「進報社三十年，熬出來的不是畫家，就只是個記者。」松田回想只爲了賺取每天的生活費而被平白磨耗的過去，「我還以爲人生更有趣一點呢。」

窗外，松田透過覆蓋銀座街道的夜幕，尋找應該在馬路另一頭的小畫廊。從跑警視廳的社會案件記者畢業，被派到社會部門機動隊的三十一歲夏天，松田爲了採訪而經過這一帶，利用短暫的空檔，參觀了無名女畫家的個展。

松田從櫃台人員那裡拿到介紹畫家的折頁，參觀了展示的油畫。預期之外的美讓他深受感動，隔天他也硬是擠出時間，來到同一家畫廊。他詢問櫃台人員畫家的事，對方說，「老師就快來了，要幫你介紹嗎？」松田有些慌了。因爲他眞正要看的不是女畫家，更不是作品，而是櫃台小姐。

這就是他認識妻子的經緯。當時二十六歲的她，頸脖到肩膀的曲線極美，一笑起來，眼睛便洋溢著獨特的清涼感。即使在展示著用色細膩的畫作的畫廊裡，她纖細的站姿也格外突出。從那天開始，松田眼中的世界變得耀眼奪目起來。

如果那時候，他沒有一時興起踏進畫廊，兩人就不會認識，應該會各自踏上截然不同的人生。那是幸福的入口嗎？還是不幸的開始？他一直想爲妻子畫張肖像，卻因爲工作太忙，連一張都沒有畫過。然後在世界失去色彩後，直到今天，松田不斷地向故人道歉，儘管清楚絕對得不到回應。

這時吉村說「差不多要出來了」，望向相機。

在追憶的結尾，松田發現了一件事。認識妻子的小畫廊，以及最後道別的病房，都被白牆所圍繞。松田從畫廊的方向轉開臉，目光回到夜晚的馬路。

剛才的黑頭車慢慢開過來了。在松田和吉村屏息注視中，司機停車走下來，打開後座車門。同時野口進在三名小姐簇擁下，從大樓現身。品味低俗的皮草大衣一進入視野，吉村就開始高速連拍。短短數秒後，代議士便消失在車子裡。

相機的自動捲片馬達聲停止後，吉村仍盯著觀景窗不放，直到車子開走，才總算抬頭說，「拍到了。」

「幹得好。」

「我很擅長拍活人。」吉村微笑，「只有幽靈拍不到。」

松田看了一眼手表，把離開的時間記在便條本上。

「那，松田大哥，下一步怎麼做？」吉村回捲拍完的底片，「要是查到野口跟女人的關係，是一條大新聞，可是連被當成賄賂的女人身分都不清楚，有辦法證實嗎？」

「我問過一個有力的消息來源，結果撲空了。」

連兜町的石川都沒有掌握到的掌權者的不忠，要如何揭發才好？松田也知道這樣下去趕不上截稿，更麻煩的還有媒體的問題。雖然他確實掌握到震撼政界的重量級醜聞線索，但是對讀者群是主婦的月刊來說，這題目太硬了。弄個不好，這個大消息會被同一間出版社的其他綜合週刊搶去。松田想要避免這樣的結果，卻注意到內心奇妙的感受。在松田心中，比起爆料醜聞，查出照片的女人究竟是誰的衝動更強烈。就像岡島惠美說的，這樣下去，她會死不瞑目。

「有沒有其他能問到線索的對象？」

「還有一個絕佳的採訪對象，但沒辦法向他問話。」

「是誰？」

「島地勇啊。殺了女人的坂東組前成員。」

「啊，對喔，他在看守所裡面。」吉村也陷入沉思，「有沒有什麼妙招可以採訪到他呢？」

聽到吉村這話，松田終於想到了。自己已經不是全國大報的記者，而是獨立的約聘記者。只要有一個人扛下責任的覺悟，就算像採訪靈異事件時那樣大喊「出現了！」採取奸詐的手法也未嘗不可。

「絕招的話，或許是有。」松田在腦中擬定策略，「我來試著直接接觸最關鍵證人好了。」

8

在東京都東側的小菅站下了電車，走上五分鐘，四周便開始呈現出荒涼的氛圍。因爲老朽的巨大刑事設施——東京看守所顯現出它的威容了。廣袤的土地被高聳圍牆遮蔽，無法一眼望盡，複雜配置的建築物與參天矗立的監視塔，被染成比冬季的陰天更陰暗的灰色。

這座監獄裡，收容著刑事案件的嫌犯與被告，但松田從來沒有踏進過裡面。他都是在圍牆外待機，採訪震驚社會的凶惡罪犯的移送，或保釋的貪瀆政客的落魄相。

他回溯當時的記憶，前往出獄者專用的通行門，找到要找的接見申請櫃台。開啓的鐵門內側有鋼鐵門閂，所有的一切都顯得森嚴無比。松田把手伸向自己的胯下，確定藏在內褲和襯褲間的小型卡式錄音機位置沒有跑掉，進入裡面。

狹小的櫃台鐵格子裡面坐著職員。松田領取接見申請表填寫，費了好一番功夫隱藏緊張。申請和刑事被告島地勇見面的時候，他在姓名欄填寫了預先準備的假名，職業欄則填了「野口進後援會事務所」。以假身分進行採訪，是他記者生涯中頭一次的經驗。假冒代議士事務所的職員也是有理由的，他認爲如果野口進和命案有關，實際下手的島地勇或許會卸下心防，透露某些情報。

遞出申請表，領到「４６」的號碼牌，松田移動到等候室，等待接見許可下來。那裡的長椅除了松田以外，還有約十五名來會面的人。他們的性別和年齡各異，但沒有任何一個衣著外貌看起來像富裕階層。爲了讓自己冷靜，松田點了菸，看著販賣給收容人的物品的店家打發時間。

等了一段時間，牆上的擴音器傳來廣播，「四十六號請到九號接見室。」接見許可下來了。這下就突破第一關卡了，但緊張感更強烈了。松田假裝拉好西裝褲，隔著布料按下卡式錄音機的錄音鈕。

再次回到櫃台，在那裡接受隨身物品的檢查。他本來就沒帶任何會暴露雜誌記者身分的物品。身體檢查沒有連胯下都檢查，所以小型錄音機也沒被發現。

終於被允許進入接見室，他正要往前走，站在入口旁邊的職員開口了。

「請問您是野口進議員後援會的人嗎？」

松田看著對方的眼睛，避免被悟出內心的慌亂，「是的。」

「我是總務部的矢崎。」上了年紀的職員說，「我帶您去接見室。」

松田努力裝出平靜的微笑，「謝謝您這麼周到。」

自稱矢崎的刑務員，似乎是得知前來的是與重量級政治人物有關的人，擔心招待不周，親自出面接待。他立刻問，「請問後援會和島地勇是什麼關係？」

「野口議員的支持者想要確定島地勇是否安好。」松田說出煞有介事的藉口。政治人物的服務處爲了選票，什麼服務都做。「不過議員也有自己的立場，所以今天我過來這裡的事，請務必保密。服務處裡知道這件事的人，也沒有幾個。」

「沒問題。」可能是爲了讓他安心，矢崎深深點了兩下頭。

在刑務官引導下，松田進入一條又細又長的甬道。一邊的牆上有窗，另一邊的牆是一排接見室的門。

「說到島地，」矢崎和松田並肩走著說，「就算您見到他，他或許也不會說話。他從落網的時候就一直保持緘默，連日常對話也不回應。」

「連日常對話都沒有嗎？」

「是啊，他一直都是很害怕的樣子。」

伴隨著驚訝，松田發現了一個他遺漏的問題。原來前坂東組組員還沒有從殺害女子時遭受的精神打擊恢復過來。

「職員裡面，都沒有人聽過島地開口說話呢。」

「那要怎麼跟他溝通？」

「聽說他會對刑務官的問題點頭或搖頭。」

看來必須捨棄預先設想的問答流程了。但是對於不願出聲的證人，要如何獲取情報才好？就連身經百戰的松田，也一時想不到好主意。

「這裡。」矢崎停步，打開九號接見室的門。裡面出現一個以透明壓克力板隔成兩邊的詭異小房間。松田所在的這邊，是自由受到保障的花花世界，隔板另一頭，則是不可能逃脫的牢獄。

松田道謝，正欲入內，矢崎制止他，「請等一下。」

那張臉浮現狐疑的神色。這回眞的被發現假冒身分了嗎？松田內心忐忑不安，「怎麼了？」

矢崎回望通道問：

「和您一起來的人呢？」

「和我一起來的人？」

「您不是跟一位小姐一起來嗎？」

「沒有，我只有一個人喔？」

「啊，這樣嗎？」刑務官一臉難以釋懷地行禮說，「失禮了。請進。」

只是誤會嗎？松田放下心，進入接見室。隔板另一頭還沒有人。矢崎從外面關門後，松田覺得連自己都被關進牢房裡了。

他迅速觀察室內，以便寫成報導時能夠描述，然後在三張折疊椅中間的一把坐下來。他立刻把手插進長褲內側肚臍一帶，拉出小型麥克風前端。眼前的壓克力板有許多讓對話聲音通過的小洞，看來可以錄到音。問題是見面的對象願不願意出聲。

這時一道乾燥的金屬音響起。隔板另一頭的房間，門上的小窗打開來，露出兩隻眼睛。那人戴著制服帽，似乎是刑務官在檢查室內狀況。

像信箱口的細長小窗關了起來，再次打開時，露出另一個男人的眼睛。那雙眼睛一片混濁，看不出任何感情。

這就是採訪對象嗎？松田正想著，門很快地打開。一名枯瘦的男子在刑務官伴隨下站在那裡。是島地勇。

松田第一次看到殺害長髮女子的凶手。他膚色蒼白，看起來神經兮兮，才二十五歲左右，卻有著嚴重的少年白，而嘴唇紅得古怪，維持著血色。穿舊的毛衣和長褲不合他細瘦的體型，顯示出他落網後體重大幅減少。

可能是因爲他陰森外貌散發出來的氛圍，島地一進入房間，整間接見室似乎都暗了下來。是殺人犯帶來了黑暗，還是黑暗隨他而來？持刀捅刺女人心臟的凶手用不顯眼的動作拉過折疊椅，蜷著背坐下來，就彷彿在黑暗中試圖躲避某人。

在極近距離與殺人凶手面對面，一股獨特的不適在松田心中擴散開。過去他透過職務，在刑事審判的旁聽席或連續殺人案的嫌犯採訪中，見過無數殺人犯，每回都有一種極不舒服的感受，就好像連自己的心都被污染了。

在場的刑務官摘下制服帽，在島地旁邊坐下來。松田努力裝出柔和的表情，向刑事被告開口，「島地先生，對吧？謝謝你今天答應接見。」

沒有任何反應。島地只是呆呆地看著自己的手。一旁的刑務官爲了記錄對話內容，忙碌地開始動筆。

「有人很擔心你，我是替那個人來看你的。」松田從外套內袋裡的兩張照片中，取出一張給島地看，「委託我來的是這位，你認識吧？」

是前晚在銀座俱樂部前吉村拍下的照片。以「夏芙隆」的店名招爲牌背景，清楚捕捉到野口進的身影。

島地的眼睛動了，所以他確實看到照片了，但他沒有說話，表情也沒有變化。

「是野口進先生，你認得吧？」

至少點個頭也好，但採訪對象文風不動。

「你是不是接到他的委託，做了某些工作？你幫了他大忙，當然得答謝你一下才行。」松田轉爲利誘作戰，「需要什麼，我都可以送過來。吃的、穿的，錢，不用客氣，想要什麼都儘管說。」

然而島地毫無反應，就好像根本聽不到他的聲音。

松田慢慢在折疊椅上重新坐好，爭取思考的時間。從黑幫的命令系統來看，身爲組織末端的島地，也有可能完全不知道事件的眞正目的。殺害的指令，只要大哥說一句「把那個女的幹掉」就夠了。島地會答應接見，或許不是因爲代議士的名字對他有意義，只是看守所爲了討好政治人物，硬把他帶過來的。

「那麼——」松田把手伸進外套裡，取出另一張照片給對方看，「這位你認識嗎？」是長髮女子的照片。結果島地的表情出現了戲劇性的變化。一看到自己刺殺的被害人臉孔，島地雙眼大睜，喉嚨深處傳出猛力吸氣的嘶嘶聲。

「我完全不認識這位小姐，」松田謹愼地瞥了一眼在一旁筆記的刑務官，切入核心，「島地先生，你知道她叫什麼名字嗎？」

島地的雙手，從手肘以下開始不由自主地顫抖，兩頰皮膚冒出雞皮疙瘩，一眨眼就爬滿了整張臉。連嘴唇都像暴露在嚴寒的空氣般變成了紫色，但太陽穴卻淌出黏稠的汗水。旁邊座位上的刑務官注意到異狀，停止做筆記，開始觀察刑事被告的狀況。

島地突來的變化，也讓松田不知所措。若是刑務官判斷他突然身體不適，接見可能會被喊停。松田在焦躁驅使下接著說，「你認識這個人吧？她叫什麼名字？她住在下北澤的平交道附近嗎？要是在這裡說出來，或許你也會輕鬆許多喔？」

結果，島地緊咬的牙關之間擠出模糊的聲音，他想說話。松田湊近隔板問，「什麼？」命案後漫長的沉默，似乎讓島地忘了怎麼說話。起初他只是發出沙啞的聲音，很快地聲音構成了話語，「你、你把她帶來了嗎？」

松田不解其意。

島地的聲音由於痙攣般的全身顫抖而跟著起伏，「我、我沒有殺她。她不是活得好好的嗎！」

「活得好好的？什麼意思？」

「她還走掉了！」

松田想到了，島地在說行凶當時，應該已經被他刺死的女人站起來走掉的事。當時的恐懼，現在仍持續侵蝕著殺人犯的精神。

「你把這個女人帶來了？她在哪裡？」

「島地，冷靜下來說話！」在一旁做筆記的刑務官斥喝。

然而島地不理會，拉大嗓門說，「我知道，這個女人就在那裡走來走去！她就在那裡，對吧？」

「你不安靜下來，接見就結束！」

松田害怕接見會就此告終，把問題集中在他最想知道的問題，「島地先生，告訴我她叫什麼名字？這女人是誰？」

島地剛一開口，松田就一清二楚地聽到了。不知何處傳來了樹木被折斷般的聲響。刑務官似乎也注意到這奇怪的聲音，抬頭張望狹小的接見室裡面。松田豎起耳朵尋找聲音的後續，但聽覺立刻被島地的叫聲蓋過了。殺人犯慘叫著站了起來。

刑務官怒喝，「島地，你做什麼！」

「你看！」島地在壓克力板裡面指著松田背後，「就在你後面！血淋淋的女人在看這裡！」

松田驚訝回頭，結果後方的門猛地打開來，刑務官矢崎衝了進來。好像是聽見室內的吵鬧聲而趕來了。松田看不見其他人影，島地卻彷彿看見了女人的亡魂，撕心裂肺地尖叫。

矢崎刑務官定在當場，一臉啞然地問，「到底是怎麼了？」

聽到折疊椅倒地的聲音，松田回頭望去，只見刑務官正在壓制想要拔腿逃跑的島地，而島地的眼神完全失去理智了。他就像要逃離看不見的什麼人，喊著，「不要過來！」扭動身體，見刑務官礙事，便雙手抓住他的頭，不斷往壓克力板撞去。一看到鮮血噴散在透明隔板上，矢崎刑務官從接見室衝出通道了。

做筆記的刑務官昏倒後，島地仍繼續上演瘋狂的獨角戲。就好像有人穿過隔板靠近他似地，他以恐怖僵直的眼神瞪著半空中，嚷嚷著，「不要！不要過來！」想要朝裡面的門逃走。

這時，一道震撼整間接見室的衝擊音響徹四下。是看守所的警報響了。島地抓住唯一逃脫路線的門時，門板以把他撞飛的力道猛然打開來，多名身穿深綠色制服的警衛衝了進來。

島地的去路立刻被堵死，四肢也被奪去自由，他以幾乎要折斷的頸骨角度轉頭，面對逼近他的人。那東西似乎無聲無息，逼近到他的眼前了。島地不斷吸氣又慘叫，那聲音愈來愈不像人，變成遭到虐殺的野獸般咆哮。很快的，當聲音斷絕時，島地雙眼間劃過一道龜裂般的直紋。失去光芒的雙眼儘管仍舊凶惡，卻彷彿看不見外界的任何事物。

松田知道，殺人犯終於發瘋了。

被推入恐懼深淵的男子，雙手呈鉤狀突出，維持著全身緊繃的奇妙姿勢，被多名警衛拖出外面了。

松田坐在折疊椅上，無法動彈。接見室裡只剩下自己一個人，卻有股某人經過身旁，離開房間的氣息。

背後，沉重的門自己「砰」一聲關上了。

「再讓我聽一次。」井澤說。

松田把手伸向會議室的桌子，操作小型卡式錄音機。腹部右側掠過一陣尖銳的痛楚。他在看守所接見室身體過度緊繃，肌肉抽筋了。

機器的擴音器傳來松田問「這女人是誰」的聲音，緊接著傳出扯斷樹木般的破裂聲。

「確實有聲音。」井澤說。

「收獲就只有這聲音而已。」松田按停錄音機，「這叫『騷靈音』，是一種靈異現象。」

「可是只憑錄到的聲音，和建築物木材的吱嘎聲無法分辨。」

「沒錯，光是這樣，沒辦法當成任何證據。不管怎麼樣，都沒辦法寫成報導吧。」

總編點點頭，「可以讓我聽後面嗎？」

松田按下播放鍵，刑事被告發瘋的過程以聲音重現。聽到完全不像人類聲音的瘋狂叫喊，井澤收起聊靈異話題時打諢的態度，沉聲問，「那，你也看到了嗎？」

「沒有。雖然感覺好像有人，但我什麼都沒看到。如果說是心理作用，也就這樣了。」

松田在思考，當時在接見室門口，刑務官問，「跟你一起來的人呢？」他究竟看到了什麼？

「回到現實的案子，結果女人的身分沒辦法查出來嗎？」

「剩下的線索就只能等倒閉的飯店的情報，但希望薄弱。」

總編交抱起手臂，開始思考善後對策，松田問他，「這題目能不能放到下一期？」

「從昨天營業會議的結果來看，很難。我也不知道會怎麼樣。」

松田點了點頭，但立刻注意到不對，確認道，「營業會議的結果？」

「沒錯。」井澤苦澀地回答，「不是編輯會議，是營業會議。」

總編這話暗示了《女性之友》這份雜誌本身面臨了存續的危機。

「先不要跟任何人說。」總編叮囑，「時代已經不同了，這份雜誌或許已經完成使命了，而我也差不多該功成身退了。」

不只是井澤，這話也可以用在松田身上。不僅是記者這一行的職涯，他也到了該思考人生終點的時期。

兩名媒體人點燃香菸，隨著煙霧吐出嘆息。松田懶得思考任何事，桌上的電話開始響起，也只是呆呆地看著沒接。

「電話。」井澤催促，拿起話筒，傳來編輯部員工的聲音。

「二線找松田先生，北澤署的荒井先生打來的。」

松田按下電話機按鈕，接聽刑警的電話。

「阿松嗎？我是荒井，那件事愈來愈離奇了。」

「怎麼說？」

「先是島地勇得了急病，被移送到醫療監獄了。這樣下去審理可能會停止。」

松田沒有說出他假冒身分去見被告的事，「是心神喪失嗎？」

「我不曉得這麼多，是沒聽過的病名。」一段荒井查看手邊筆記的空白，「叫什麼急性致死性緊張病，好像快死了。」

島地要是死了，一定會被打進地獄吧。松田一陣駭懼。

「還有，交通課傳來奇妙的消息，說在平交道殉情沒死的女人，作證說坂東組和命案有關。或許被你猜中嘍。」

岡島惠美聽從松田的建議，在交通課的筆錄中說出了一切。松田期待著刑事課可能會重啓調查。

「可是，」荒井繼續說，「只有酒店小姐的證詞，我們沒辦法行動，你那裡有沒有什麼新情報？」

松田窮於回答。即使是對老相識的刑警，也必須隱瞞命案與重量級國會議員的關係。因爲荒井也是公務人員，不論他個人的正義感如何，都只能依照組織的意思行動。

「很可惜——」松田說到一半，忽然看到卡式錄音機，記錄在錄音帶裡的神祕怪音。

他停頓了半晌思考，結果窮極生智，「如果荒井大哥願意協助，或許可以找到線索。」

「怎樣的線索？」

「被害人的身分。」

「喔？」隨著荒井的應聲，總編也好奇萬分地看向記者。

和刑警討論之後，這天下午松田前往住家轄區的目黑警察署。因爲荒井預先疏通，松田提出的報案和提告順利受理了。接下報案申請單的警察官，在開頭塡入「恐嚇」二字。

深夜十一點多，三名刑警來到了松田住的公寓。一名是荒井，另外兩名是目黑署的刑警。

「也可以跟他們說明一下狀況嗎？」荒井要求，松田對目黑署的兩名刑警說明報案單裡沒有寫下的事實。

「我家三更半夜會接到神祕電話。我開始採訪某一起命案後，家裡就開始在案發時刻的凌晨一點三分接到電話。而且傳來的是跟遇害死者一樣的年輕女子的呻吟，我認爲是和命案有關的人打來騷擾。」

「可是如果是這樣，對方的目的是什麼？」四十多歲的刑警問。

「妨礙採訪啊。對方想要讓我心生恐懼，不再繼續調查下去。」

「這樣啊。那麼報案單的類別或許不是『恐嚇』，應該寫『強制妨礙營業罪』才對。」

「總之，我認爲打電話來的人，可能對身分不明的死者有某些了解。」

「電話是這支嗎？」年輕刑警指著餐桌上的電話機說。

「是的。」

年輕刑警以訓練有素的動作，開始將帶來的盤式錄音機裝設在電話機上。一旁的荒井翻找公事包取出一張紙說，「在上面簽名。」

松田在反查自家電話的同意書上簽名捺拇印。

「準備好了。」安裝好錄音機的刑警說。

「我提醒一下——」松田對三名刑警說，「電話不是每天晚上都會打來，所以今晚或許會撲空。」

會刻意如此聲明，是有理由的。松田發現每晚的怪電話還潛藏了一個更不可解的特性。若是刻意等待，電話就不會響起，但只要他爲別的事分神，就會出其不意地打來。靈異現象或許只會以出人意表的形式發生。總之，松田預測今晚有這麼多人嚴陣以待，凌晨一點三分的電話應該不會響起。只能等待刑警受夠了每晚的等待，開始認定恐嚇電話不會再打來的時候了。

「希望各位這幾天耐心奉陪。」

「嗯，就耐心等待吧。」荒井說。

「我來泡咖啡。」松田起身。

這時，荒井似乎第一次發現了什麼，望向通往裡面房間的門。好像是訝異沒看見松田的妻子人影。松田悲傷地想起，二十多年前他也曾向荒井報告過喜訊，但刑警沒有過問私事。

他看著落地鐘的鐘擺，「好棒的鐘。」

松田從廚房回應，「是家父的遺物。」

「這聲音好懷念。讓人心情平靜。」荒井走到牆邊，湊近大鐘的面盤，「眞想回到這種時代。」

曾與眾多罪犯交手的資深刑警，片刻間看起來就像回到了父母膝下的小孩子。

松田回到餐桌，端咖啡招待刑警，也聆聽著鐘擺的聲音，遙想著落地鐘一路看顧的漫長歲月流逝。漸漸地，他疑惑起這座鐘刻畫的時間往後會是如何。現在是一九九四年底，世紀末就在眼前。接下來的二十一世紀，世界會是什麼樣，他無法想像，但遙遠的未來，只有一件事他預想得到。考慮到平均壽命，自己應該會在二〇二〇年代左右死去。不只是自己，荒井刑警、井澤總編，還有情報販子石川，每個人都會將各自的人生收在心裡，或早或晚從這個世界消失。

然後，大家會去哪裡？會去到另一個世界，和一度死別的家人及朋友重逢嗎？或是再次在這個世界重生，重複充滿喜樂悲苦的人生？對松田來說，哪一邊都好。他唯一不希望的，就是死亡即是歸於虛無這個答案。

松田望向餐桌上的電話機和錄音機。爲了工作而追查靈異現象更早之前，父母過世，妻子也離世，他開始意識到自身生命的終結，從那時候起，松田就在尋找死後尚存的某些事物。他一直在尋找死去的人們並非消滅得無影無蹤，而是存在於某處的證據。

被發現陳屍在三號平交道的身分不明女子，他也希望她並非只是被刀子一捅就開始腐爛的脆弱物體，而是具有不滅靈魂的至高存在。松田深切期望這世上一切生物，都有著不會被事故、疾病、戰爭、災害、一切災禍所斲傷的永恆靈魂。

欣賞過大鐘的荒井回到桌旁，和初次碰面的刑警生硬地聊起來。松田也加入其中。他續沖咖啡等等，等待時間經過，當落地鐘的指針開始接近一點時，他聊起工作上聽到的演藝圈內幕八卦等等，試圖將刑警的注意力從電話轉移開來。

超過一點時，較年輕的刑警望向手表，「時間快到了。」

「我賭不會打來。」完全把這裡當自家放鬆的荒井說。

另一名刑警也點點頭。

松田起身，著手收拾空掉的咖啡杯，想表示今晚任務結束了。然而他正要前往廚房拿托盤時，刺耳的鈴聲響了起來。

眾人的目光同時盯在桌上的電話機上。荒井招手，松田連忙回到座位。同時年長刑警起身，拿著大哥大出去走廊，打到電話局通知，「電話打來了。」

年輕刑警將耳機按在耳上，按下錄音鍵，向松田點頭。松田拿起話筒，接起凌晨一點三分的電話，「喂？」

一如往常，一開始沒有聲音。片刻之後，電話線路另一頭傳來垂死的女人呻吟。專注聆聽的刑警雙頰冒出了雞皮疙瘩。

松田問，「是誰？」但一樣沒有回應。這段期間，年輕刑警有了奇妙的動作。他慌張地檢查電話機與錄音機連接的線材，把耳機按到荒井的耳上，指著聲音輸入的聲級計。儘管聽到女人的呻吟，指針卻一動不動。松田試著出聲，「喂？妳是誰？」指針只對他的聲音有反應。刑警面面相覷，年輕刑警搖頭，彷彿在說束手無策。

不久後，女人的聲音遠離，電話掛斷了。看到松田放下話筒，年輕刑警立刻播放錄音帶。然而記錄到的只有松田的聲音，沒有留下讓聽者背部發涼的女人呻吟。

「我見識過幾次傷害案的現場，」荒井開口，「那呻吟是真的，不是裝的。」

年輕刑警也點頭同意。

荒井看向松田，像是有話想說，卻沒有開口。他應該是察覺遇到超自然現象了，但基於立場，沒辦法宣之於口。

這時，出去走廊的刑警回來報告，「查到電話了。」

「查到了？」荒井回頭，「哪裡打來的？」

年長刑警聽著仍與電話局連線的大哥大，將聽到的資訊抄寫在記事本上，「打來的電話，名義是這個人。」

荒井戴上老花眼鏡看了看問松田，「『鈴木忠男』，這名字你有印象嗎？」

松田翻找腦中的記憶，謹慎地回答，「沒有。」

「住址在澀谷區。」

「不是認識的人呢。」

「可是，接下來該怎麼辦？」年輕刑警一臉困惑地指著錄音機，「沒有證據啊。」

「只能要對方自願配合了。」荒井不耐地說，接著對目黑署的兩人說，「今晚就到這裡，接下來北澤署會處理。」

沒派上用場的錄音器材被收回搬運袋裡，刑警穿上大衣，準備撤退。松田送他們到玄關，慰勞並感謝。

三人離開時，只有荒井停步，不是說「晚安」，而是小聲說，「九點半，笹塚站。」

記者點點頭，刑警踏上歸途。

9

早上九點多，松田來到笹塚站。通勤尖鋒已經過去，在月台等電車的隊伍也變短了。

松田下去樓下的驗票口，等待認識的臉孔現身。吉村很快就搭乘後續電車抵達，詢問突然要求出動的理由，「這次是爲了什麼事？」

「或許查到女人的住處了。」

聽到松田這話，攝影師臉上的睡意全消，「眞的嗎？」

「嗯。等條子來吧。」

以線索而言，電話反查的結果實在太不可靠，但從地理條件來看，松田抱有期待。笹塚站和下北澤站因爲停靠的電車路線不同，予人相距遙遠的印象，但地圖上以一條馬路相連，從那條路走上二十分鐘左右，就能抵達下北澤三號平交道。換言之，這一帶在女人遇害現場的徒步範圍內。

荒井刑警如同前晚說的，在九點半現身。他帶了個年輕的刑警部下。是之前在居酒屋和松田久別重逢時，被他抓去喝酒的菜鳥。

「咦，阿松？眞巧，居然在這裡遇到。」荒井有些假惺惺地說，叮嚀部下，「喂，加藤，我跟阿松是碰巧在這裡遇到的，懂嗎？」

「是。」才二十多歲的加藤刑警拘謹地點頭。警方不能將偵查資訊事先透露給民眾。

北澤署的兩名刑警朝車站南邊走去。方向如同松田期待的，是下北澤。

荒井放慢步調，和松田並排走在一起搭話說，「阿松，昨晚那通電話，到底是怎麼回事？」

「我也不知道。」松田回答。

荒井視線落向腳邊，改變話題，「對了，你知道警察顧拘留室的時候，都要怎麼做嗎？」

「不知道。」

「要是有命案嫌犯被關進來，就要仔細觀察他睡覺時的樣子。要是三更半夜睡夢中呻吟，就一定是死者冤魂入夢索命了。只要把這件事報告偵訊官，隔天馬上就能逼嫌犯招認。」

「眞的有鬼魂出現嗎？」

「天曉得，是良心的呵責讓他們見鬼了吧？」荒井堅持警察官遵守常識的立場。

「荒井大哥也顧過拘留室？」

「有啊。半夜做噩夢的人，每一個都招了。招供之後，就像附身鬼魂離開一樣，睡得可香了。」

松田回想起在看守所遇到的怪事。島地勇會發瘋，也是因爲受不了良心的呵責，看到冤魂的關係嗎？

「就是這裡。」加藤刑警停步，回頭看眾人。住宅區裡有一棟看上去相當高級的三層樓公寓。從電話反查的結果來看，就是其中一戶打電話到松田家。白色外牆特色十足的建築物裡，玄關門和各個房間的陽台柵欄都是時尚的西洋風格設計，外觀很適合當重量級政客在外頭包養小三的愛巢。

「你們在這裡等。」荒井交代，和加藤一起進去了。

吉村拿出相機，俐落地拍攝公寓外觀。

松田期待會得到一些線索，但叼在口中的菸還沒抽完，兩名刑警就回到玄關了。

「找到鈴木忠男的住處了，但他不在。應該是去上班了。」荒井說，「我們現在要去找管理員。你們可以一起來，但不要說出身分。」

這是在叫他們假冒警方人員，令人感激。松田點點頭，吉村把相機袋繞到背後藏起來。

四名男子穿過裝潢洗練的大廳，走樓梯下去地下停車場。深處一隅設有管理員駐守的小隔間。看見玻璃窗裡一名老人正對桌而坐，荒井從外面出聲，「不好意思，我們是北澤警察署的刑警，你是這裡的管理員嗎？」

老人看到亮出的警察手冊裡的警徽，立刻開門出來，「我是。」

「我們想請教一下三〇一號室的鈴木忠男這個人。」

「鈴木先生怎麼了嗎？」

「這只是形式上的調查。」

「好吧，請進。」削瘦的管理員請荒井進入隔間裡。

被桌子和檔案櫃填滿的管理員室只要坐著，就能拿到所有的物品，空間極具功能性。但因爲實在太小了，只有兩名刑警能夠進去，松田和吉村留在門外。

「鈴木先生的住處現在好像沒人——」

荒井說到一半，管理員便點點頭接下去說，「那裡現在沒有人。」

「沒有人？」荒井掏出自己的記事本，確定抄寫的資料，「我問的是三〇一號室。」

「對，鈴木先生好像去名古屋出差，兩星期不在家。現在那裡沒有人。」

「昨晚也沒有人嗎？」

「對。」管理員點點頭，指著堆在地板角落的一落報紙，「這個月一直到二十號的報紙，都先保管在我這裡。」

「可是昨晚深夜，三〇一號室有電話打出去。」

「這不可能，鈴木先生家沒有人。」

「難道是沒有人的地方電話自己打出去嗎？」

管理員一臉困擾地說，「問我我也不曉得啊，應該是搞錯了吧？」

荒井朝松田投以困惑的眼神。松田也想不到能說什麼。刑警回頭問管理員，「會不會是鈴木先生的家人還是朋友，趁他不在的時候進出？」

「我不知道，我又不是整天監視有誰出入。還有，鈴木先生三十多歲，沒有結婚。」

管理員從後方的架子取出登記簿，翻開租屋者的紀錄出示。荒井探頭看資料唸出聲來，應該是爲了讓松田也能聽見。「鈴木忠男，三十三歲，獨居。戶籍地，岩手縣。職業，公司老闆。」

「聽說他自己一個人開電腦公司。」

加藤刑警朝桌子躬身，開始將登記簿內容抄寫在記事本上。這時候，荒井來到松田旁邊附耳說，「鈴木忠男的不在場證明應該很快就可以查到。如果有什麼想問的，現在就問吧。」

松田以眼神表達謝意，從隔間外問管理員，「鈴木先生是什麼時候搬進這裡的？」

管理員看著登記簿回答，「去年十二月二十六日。」

聽到這個答案，松田頓時升起期待，「是一年前呢。那麼，三〇一號之前的住戶是什麼時候搬走的？」

「請等一下。」管理員從加藤刑警旁邊伸手，把登記簿翻回前一頁盯著紀錄說，「同一年的十二月六日。」

荒井也發現這個日期意味著什麼，小聲說，「是女人遇害的日子。」

「那——」松田激動不已，期待女人的本名終於要揭曉了，問管理員，「一年前搬走的住戶叫什麼名字？」

「一位叫『高田信吾』的先生。」

松田就像吃了一記出其不意的攻擊，一時想不起來高田信吾是誰。

「這名字很耳熟。」荒井說著，回到登記簿那裡，這時松田已經看出全部的情節了。高田信吾是岡島惠美的男友，坂東組組員。應該是野口議員簽約租下這處愛巢時，借他的名字當人頭。

「一年前住戶搬走時，高田信吾先生在場嗎？」

「沒有。現在說著我想起來了，有幾個說是高田先生朋友的人過來，把家具那些東西搬走了。」

女子遇害當天，高田信吾帶著惠美出國了。前來進行搬家工作的人，一定是坂東組的小弟。殺害女子，以及清空住處的日期，一切都是預先周全計畫好的。

「那──」松田心想這次一定要得到決定性的證詞，拿出長髮女子的照片給管理員看。「你看過這個人嗎？」

管理員拿起照片，目不轉睛地看過之後說，「看過。」

聽到這話，荒井露出驚訝的表情。

「有段時間常看到她。」

「什麼時候？」

「這麼說來，大概一年前左右吧。她不是這裡的住戶，所以我以爲是住戶的女友。」

「知道她都去找哪一戶嗎？」

管理員聞言，露出意外銳利的眼神盯著松田，「或許是三〇一號室喔，請等一下。」

老人站起來，穿過兩名刑警中間，從置物櫃上搬下寫著「遺留物品」的紙箱。箱子裡有個貼著「３０１」標籤的紙袋。

在眾人注視之中，管理員從袋子裡取出一個小塑膠包。表面印刷著可愛的動物圖案。是感覺小學女生會喜歡的廉價收納包。

「三〇一號室搬走後，我去檢查空房間，在衣櫃裡面發現這個。我立刻聯絡高田信吾先生上班的地方，但本人一直沒有回覆，所以一直保管到現在。」

管理員說著，打開包包拉鍊，取出一張照片。所有男人都探出上身，盯著那張89×119mm尺寸的小照片。照片上是一名女孩，年紀約十二歲，一個人站在像是都會住宅區的路上。女孩身上的粉紅色毛衣褪色陳舊，領口都鬆了。

「跟剛才照片上的女人很像，對吧？」管理員說。

不只是松田，荒井和吉村肯定都感到毛骨悚然。長髮女孩的臉上浮現的，就是那種讓看到的人心生警戒的假笑。

到了這時，松田再也沒有半分懷疑地確定了。那名長髮女子人生最後的時光，就是在這棟公寓的三〇一號室度過的——做爲政治人物的地下情婦，無人知曉她的眞實身分，然後她在住處只留下自己小時候的照片離世了。

松田盯著女孩不自然的笑容。這女孩到底是什麼身世？照片是在哪裡拍的？即使細看背景有無線索，照片上也只有隨處可見的模糊街景，沒看到街區告示板之類的東西。

松田擔心這回又只是徒增謎團，再次一頭栽進死巷。因爲知道女人搬進來後直到遇害過程的唯一證人高田信吾，已經跳軌身亡了。

荒井問管理員，「這張照片現在是歸誰所有？」

「已經過了遺留物品的保管期限，我們會處理掉。」

「既然如此，可以用自願的形式提供給警方嗎？」

片。

「沒問題。」

荒井從公事包裡取出自願提供書，請管理員填寫。在辦手續的時候，吉村做出了令人意外的行動。管理員室冒出一陣閃光，眾人回頭，只見吉村拿著尼康相機，正在翻拍女孩的照片。

注意到兩名刑警責怪的眼神，松田連忙規勸，「吉村，拍照要先徵求同意吧！」

然而平日隨和的青年攝影師，這時卻不知爲何毫無內疚的樣子，嘴上敷衍著，「抱歉。」

要是在這時候惹荒井不高興，往後就無法得到他的協助。松田抓住吉村的手，把他拖出管理員室小聲指示，「向荒井大哥道歉，把底片給他。」

「可是松田大哥，」吉村一臉嚴肅地反駁，「距離截稿日只剩下五天了。要是拿不到照片的複本，那要怎麼辦？」

「就算是這樣，也不能不擇手段。」站在松田的角度，他對如此爲他謀求方便的荒井感到過意不去。「不能不講道義。」

可是吉村不改固執的態度地問，「等一下你會在編輯部嗎？」

這時松田也終於發現吉村另有企圖，「會啊，怎麼了？」

吉村悄悄從相機裡取出倒捲回去的底片，收進夾克口袋裡，「先不要離開，等我。或許還有後續。」

離開管理員室後，吉村一臉順從地道歉，把底片盒交給加藤刑警。不過這是預先掉包的假底片。

「底片第一張我先過曝了。」事後吉村揭曉手法，「就算警方拿去沖洗，也會以為翻拍失敗了。」

松田心想，這名青年正確實地踏上報導攝影師之路。

刑警為了詢問公寓其他住戶，依序按下每一樓各五戶的門鈴，但平日上午在家的只有兩人，兩人都說不認識照片上的女人。

「只能晚上再來了——」在車站道別的時候，荒井刑警語帶嘆息，「但希望渺茫吶。」

「接下來會怎麼樣？」

「如果問不出個結果，就沒辦法正式重啓調查。」

松田認為，即使找到看過女人的住戶，應該也不知道她的本名。

「不過能查到這一步，眞的很不容易了。」荒井留下這話，上了電車。

和沮喪的刑警相反，松田懷著走鋼索的緊張感前往編輯部。吉村翻拍的照片，現在成了唯一的線索。

吉村一回到公司，立刻迫不及待地衝去地下一樓的暗房。松田回到編輯部自己的座位，打電話到笹塚的公寓，打聽在刑警面前無法提出的問題。

「我是剛才拜訪的人。」松田如此自稱，誤會松田也是刑警之一的管理員爽快地同意回答追加的問題。「你看過政治人物進出你們公寓嗎？」

「政治人物？誰？」

「野口進，執政黨的台柱人物。」

「沒看過呢。」

管理員傍晚就下班離開了，就算沒看過夜間拜訪情婦愛巢的政客，也是很正常的事。而且野口爲了避人耳目，至少也會變裝一下吧。

爲了掌握女子住處的印象，松田也詢問了三〇一號室的格局。有兩間臥室，寬敞的客廳和飯廳，還有廚房和衛浴，室內約二十一坪大小，是小有資產的有錢人會喜歡的物件。

「對了，留下的那張照片，是放在臥室裡面的衣櫃。」管理員最後說。

講完電話後，松田沒有掛回話筒，而是按下其他採訪對象的號碼，是打給兜町的石川。

情報販子一接起電話，不待松田開口就說，「前些日子你說的『夏芙隆』那件事，後來我也打聽了一下，什麼都沒有啊。」

「這樣啊。」松田原本就不抱期待，但還是感到失望。

「你那邊呢？」

「我也一樣。」

「你挖到的消息，會不會是空穴來風？」

「或許吧。」松田回應，掛了電話。

井澤在總編座位，松田起身去報告經過。得知查到長髮女子的住處，井澤難掩興奮地聆聽記者的報告，「那吉村呢？」

「還關在暗房裡，再等他一下吧。」

接著過了一會，吉村一臉得意地衝進編輯部。他的表情足以讓松田萌生希望。攝影師來到總編座位，放下兩張尚未乾透的相紙，「請看這個。」

一張是擴大到120×165mm的女孩彩照，另一張則是模糊的黑白照，不知道拍的是什麼。

「彩照是剛才的公寓找到的照片。背景雖然很模糊，不過可以看到老舊的木造建築物，對吧？」

被吉村這麼一說，影中人的女孩背景，照片右側拍到一部分突出的木造二層樓房屋。看起來也像是舊時的學校教室。

「所以我放大建築物的門，把明暗差調到極端，就是這張黑白照。仔細看，門上的牌子有字。」

松田和井澤同時戴上老花眼鏡，盯著對比特別強調出來的大張黑白照。雖然無法看出牌子上全部的字，但能辨識出幾個漢字。

「第一個字看不出來。」井澤說，「第二個字是阪嗎？這讀HAN還是SAKA（註）？」

松田接下去說，「友、愛、學。」

「阪（HAN）、友愛學？」

「還是阪（SAKA）友愛學？」

總編與記者對望，「是不是『大阪（OOSAKA）友愛學園』？」

這麼一想，重新注視照片，感覺先前辨識不出來的文字也在證實他們的推測。照片中的女孩，是不是站在自己以前就讀的學校前面留影？

松田拿起總編座位的電話，打到電話局的查號台詢問，「我要查大阪的學校，『大阪友愛學園』的電話。」

片刻後傳來回答：

「『大阪友愛學園』沒有登記。」

「沒有嗎？『友愛學院』或『友愛學校』也可以。」

「我查過類似的名字，沒有找到。」

松田掛了電話，想要直奔資料室，這時卻被別的編輯部員工叫住了，「松田先生，三線找你。」

「誰打來的？」

「『飯店旅館雜誌』的總編。」

松田慌忙拿起剛放下的話筒。

「中西！」井澤呼叫附近的主任，「你去資料室，查『大阪友愛學園』這所學校！」

「什麼？友愛學園嗎？」

「我也去！」吉村說，帶著中西主任跑出編輯部了。

松田接聽飯店業界雜誌的總編來電。他草草寒暄，立刻打探，「是爲了前些日子拜託您的事吧？」

註：日文漢字多有音讀及訓讀兩種讀音，阪的音讀爲「HAN」，訓讀爲「SAKA」。

對方立刻回答：

「是的。你說倒閉的飯店老闆自殺，或是一家四散的例子，我也問過底下的記者了，但沒有人聽說過確定的消息。」

「連一件都沒有嗎？」

「對。不過並不表示沒有這種事，只是沒有消息在外面傳。如果是小規模旅館，三年前好像有一件。」

「那家旅館有沒有泳池？」

「沒有呢。聽說只是比民宿像樣一點的旅館，是做釣客生意的。」

「我知道了，謝謝您。」

松田掛斷電話，井澤下達指示，「『友愛學園』，也問一下教育委員會。」

松田回到自己的座位，查到大阪市教育委員會的電話打過去。他對接聽電話的總務部職員說出學校名稱查詢，對方說「請稍等」，電話切換成保留。接下來等了老半天，松田有了不祥的預感，擔心這次又會無疾而終。

「讓您久等了。」接電話的不是剛才的職員，「您問的『大阪友愛學園』，我是聽說過。」

「有嗎？」松田忍不住上身往前探，但發現對方的說法以官方回答而言相當古怪。

「確定有這家學校嗎？」

「是的，因爲這家『大阪友愛學園』和教育委員會沒有直接關係。」

「沒有關係的意思是那裡不是學校嗎？」

「是的，請詢問市公所的福利局。」

聽到意料之外的單位，松田想到自己的疏漏。綜合至今爲止的採訪成果，他理應想到「大阪友愛學園」不是學校的可能性。

對方告知福利局的電話，所以松田立刻打過去。在福利局這裡，電話轉到負責部門之後，也等了相當久的時間。

這時候，去資料室的吉村和中西回來了。吉村直接去總編座位報告，「沒有叫『大阪友愛學園』的學校。」

「沒有？」井澤不滿地說，「公立私立、國中小學都沒有？」

「電話簿和學校法人名單上都沒有。」

「怎麼可能？」

「請等一下！」松田從自己的座位出聲，「我在請公所調查！」

聽到這話，包括總編在內，所有人都聚集到松田旁邊來。

「抱歉讓您久等了。」負責人接聽電話了，「敝姓武藤，是總務課人員。您要詢問『大阪友愛學園』是嗎？」

「對。」

「您想問什麼事？」

從武藤的口吻，感覺確實是有同名的機構存在。

松田克制急切的心情問：

「『大阪友愛學園』不是學校法人嗎？」

「不是，是社會福利法人。」

「也就是說，那裡不是國中或國小？」

「是育幼院。」

「育幼院。」松田復誦，讓井澤和其他人也能聽到。放在桌上的照片裡，一身窮酸打扮的女孩露出陰沉笑容，站在育幼院前面看著這裡。妳是誰？給我線索吧！松田向女人的靈魂祈禱。

「可是友愛學園現在已經關了了。」武藤說，「那裡原本是一名僧侶發願開設的小型育幼院，後來那裡的理事長過世了，所以關掉了。」

「學園是什麼時候關閉的？」

「我想想……」武藤停頓了一下，搜尋記憶，「超過十年了。應該是一九八一年左右。」

松田迅速地計算。假設這張照片是那時候拍的，女孩當時十二歲，那麼女人遇害時的年齡就是二十四歲。這和驗屍推估的年齡也吻合。

「除了過世的理事長，有沒有園長？」

「園長是由理事長兼任。」

「那麼，當時在那裡工作的職員，有沒有人聯絡得上？」

「沒有呢。已經都沒有紀錄了。」

這也可以解讀爲委婉的拒絕採訪。即使還有紀錄，也不會透露特定職員的姓名和聯絡方式吧。

「機構關閉以後，那些園童去哪裡了？」

「應該被其他機構安置了。」

「知道他們被安置到哪裡嗎？」

「這種情況，並不會送到特定的地方，所以我也無法回答。」

松田拚命動腦，尋找下一個該問的問題，卻想不出任何可以查到照片女孩身分的提問。結果他只能提出再普通不過的問題，「友愛學園的地址在哪裡？」

然而就連這個問題，都得不到令人滿意的答案。

「正確的地址已經不清楚了。我記得是在生野區公所附近，但建築物應該也已經拆掉不在了。」

「這樣啊……」松田難掩失望，聲音消沉。

「不好意思，打擾您了。」

「哪裡，沒能幫上什麼忙，眞是抱歉。」武藤以公事公辦的口吻說完，掛了電話。

松田放下話筒，仰望守在後方的眾人。從他剛才的應答，全員都察覺回答是什麼了。

「既然會在育幼院，表示沒有任何親戚吧？」井澤說。

「那樣的話，」吉村表情煩躁地噘起嘴唇。

「世上沒有半個人知道那個女人的本名了嗎？」

「野口進的話，或許知道。」松田也以宣洩積鬱的口吻說。

「接下來怎麼辦？」井澤問：

「如果友愛學園是學校，還能找到學生名單，但育幼院的話，就無從查起了。接下來只能找出十年前和那裡有關的人了。」

吉村說，「去當地挨家挨戶打聽怎麼樣？或許不光是和友愛學園有關的人，還能找到安置這女孩的其他機構。」

「不，就算找到有關的人，還有隱私的問題。我不認爲相關人士會透露待過育幼院的小孩的事。」

「而且截稿日就快到了。」中西主任插嘴。

「既然如此——」松田拿起話筒。這是最後一招了。只能讓警方行動，從他們那裡獲取偵查資訊。他按下北澤署的號碼，轉接一次荒井就接聽了。

「阿松嗎？怎麼了？」

「找到被害人身分的新線索了。她以前好像待過大阪的育幼院。」

「喔？」

「是一家叫大阪友愛學園的育幼院，那裡一直到一九八一年都還在。地點在生野區公所附近——」

「等一下，阿松，我這邊已經不能行動了。」

荒井有氣無力的聲調，讓松田有了不好的預感。

「決定不重啓調查嗎？」

「沒錯。島地勇死了。」

隔了幾拍，松田才醒悟到事情的嚴重性，啞口無言。

「他在看守所發瘋以後，一直在鬼門關徘徊，但聽說剛才病情急轉直下。」

松田在便條寫下「凶手死亡」，遞給總編。眼前浮現從高空上方朝烏雲墜下的男子身影。持刀捅了女人心臟的男子，一定會因爲殺人的罪業，被打入地獄。

「因爲被告死亡，撤銷公訴。下北澤三號平交道的命案，全案就此審理結束。」荒井低聲繼續說著，最後遺憾地說：

「已經沒有我們可以做的事了。」

「沒辦法。」松田也只能這麼說。

「眞的很感謝荒井大哥的協助，謝謝你。」

「不會，哪裡。這段時間感覺好像回到了過去。」荒井說完，掛了電話。

松田全身憑靠到椅背上。後方的吉村沒有對象地問，「接下來要怎麼做？」

但沒有人回答。

松田看著女孩的照片，想要振奮身爲記者的使命感。直到一年前，這個女人確實應該活在世上，然而沒有人知道她叫什麼，也不知道她在哪裡、過著怎樣的人生。不僅如此，連曾經有過這段生命的一絲痕跡，都快要被抹滅了。然而松田的熱情卻只是空轉，怎麼樣都拂不去走投無路的絕望感。他無論如何都想不到下一步還能怎麼做。

「不好意思，方便嗎？」聽到客氣的詢問，松田抬頭，編輯部的工藤來到眾人旁邊，

「有電話找松田先生。」

「誰打來的？」松田懶散地問，他已經受夠電話採訪了。

「一位叫間宮的先生打來的。」

松田想不起來那是誰。一定是優先順位很低的人。

「跟他說我晚點再回電。」

「可是，是爲了我們委託的事。」負責靈異報導的編輯不死心。

「靈異照片的鑑定委託。」

「啊。」松田想起來了。這種時候接到靈異人士的聯絡？他差點虛脫，但自己要求對方提前鑑定出結果，人家聯絡卻裝不在，也教人心虛。他拿起話筒，按下外線電話，傳來中年男子的聲音，是女性靈媒的經紀人丈夫。

「我是間宮，您之前委託的照片鑑定，結果出來了。」

「如何？」

「內子說，平交道的照片是眞的。」

鑑定費三千圓，已經匯進對方的戶頭了。松田在手邊的便條寫下「眞的」，問：

「知道照片裡的女子是怎樣的人嗎？」

「似乎是在平交道過世的人，但並非死於事故或自殺。」

「喔？」

「內子說可能是被殺的。」

怎麼有辦法看出這些？松田感到詫異。三號平交道的命案應該幾乎沒有登上新聞版面。

「其他呢？能查出她的身分嗎？」

「這就……」間宮含糊其詞，補了句「不過」，又說：「內子說，照片裡的女子似乎身受重傷，仍走個不停。她飽嚐痛苦之後，走到平交道，在那裡斷氣了。」

靈異人士的鑑定結果，和女人臨終的狀況吻合。

「從照片只能看出這些，這樣的結果可以嗎？」

「請稍等一下。」松田按下保留鍵，問工藤：「這個靈異人士，是宗教法人還是別的？」

「沒有，是個人經營。」

「有沒有靠靈異能力斂財或詐騙之類不好的風評？」

「應該是沒有。他們收費很便宜，也從來不會推銷可疑商品。聽說很多大企業老闆和藝人都會找間宮女士幫忙。」

井澤從旁問，「對方說什麼？」

「很準。」松田只這麼說，解除電話保留問間宮，「如果能請太太到這處平交道，可以看出更詳細的事嗎？」

「應該可以。內子會招請亡魂，直接詢問。」

「如果請她到場，最快什麼時候可以？」
「年底我們的行程空檔，就只剩下明天晚上。若要進行招靈的話，深夜比較好呢。」
「到場招靈的收費是多少呢？」
「五萬圓。」
松田把對方說的金額寫下來，滑向一旁。井澤看了點點頭。
看來借助靈媒力量的時候到來了，畢竟沒有其他辦法了。
「那麼，就麻煩你們了。」松田說。

10

招靈實驗要在下北澤三號平交道周邊的路上進行，因此編輯部員工工藤前往轄區的北澤警察署申請道路使用許可。申請之後，便能停留在一定區間的路上進行採訪活動。招靈開始的時間，定在鐵路營業行駛結束後的凌晨一點多。
太陽下山前，松田前往媒體御用的名冊專門圖書館尋找職員名簿，想要找出「大阪友愛學園」的相關人員。但藏書裡只有社會福利法人的協議會在二十年前發行的會員名簿，只查到了法人的住址電話及理事長的姓名。但松田還是期待或許可以聯絡上過世的理事長家屬，打電話過去，只聽到這個號碼已經失效的訊息。
夜深時分，參加招靈實驗的人都在編輯部集合了。除了井澤總編以外，還有中西主任、工藤，以及松田和吉村，總共五人。眾人協商好，爲了預防超能力實驗難以避免的詐騙行爲，不能提供進行招靈的間宮夫妻任何預備知識。否則靈媒有可能從得到的片斷資訊，創作出煞有介事的情節。

「只爲了一個靈異報導，需要做到這種地步嗎？」工藤驚訝地說。

站在編輯的角度，就算是虛構的也好，他希望靈媒能發表一番說法吧。

「我們是認眞的。」

總編一句話就讓年輕部下閉嘴了。

一行人搭乘吉村的廂型車前往三號平交道。五個男人上車，車子一開出去，中西便囉唆地再三提醒，「千萬小心事故。」

一方面是因爲私人車沒有編輯部的保險，但主任提防的更似乎是作祟等超自然的災禍。許多日本人嘴上說不相信怪力亂神，卻會新年去神社參拜，或是挑選好日子結婚，並認爲發生過命案或凶殺案的地點不乾淨，避之唯恐不及。

凌晨十二點二十分，眾人抵達了採訪現場，開車的吉村爲了遵守道路使用許可的適用範圍，從窪地底部開上坡道，經過平交道後，在對面的馬路停車。

松田一下車，立刻被冰冷乾燥的空氣圍繞。被常夜燈照亮的三號平交道，就和之前來看的時候一樣，讓人聯想到在深夜悄悄等待開演的戶外劇舞台。

松田和吉村以外的三人興致勃勃地走動查看初次造訪的靈異現象現場。

「很普通的平交道呢。」這是井澤總編的感想。

招靈開始三十分鐘前，一輛白色轎車從南側的馬路開了過來。隔著擋風玻璃，可以看見坐在副駕駛座的中年婦女身影。轎車放慢速度，在眾人前方停了下來。

工藤走上前去，駕駛座車窗打開，六旬男子自我介紹，「我是間宮。」臉龐清瘦，戴著眼鏡，外貌看上去十分耿直，一點可疑的氣質都沒有。

「車子可以停哪裡？」

「請停在那邊。」工藤指示事前決定好的路邊停車位置。

車子倒車後，停在吉村的廂型車前，車頭燈熄滅，左右兩側車門打開，間宮夫妻下車了。

看到女靈媒間宮清枝的身影，松田感到有些落空。他想像會是如同神社巫女般神祕的外貌，然而清枝卻完全相反，就是個隨處可見的大嬸。身材微胖，穿著顏色樸素的大衣，站姿讓人聯想到育兒告一段落的主婦。

「謝謝兩位過來。」編輯部的一二號人物上前迎接。

「我是總編井澤。」

「我是主任中西。」

間宮與兩人交換名片，自我介紹道：

「我是間宮恭章，這是內子清枝。今晚的招靈由清枝進行。」

「請多指教。」清枝微笑行禮。聲音聽起來有些愉快，帶有女孩般的純真無邪。

「其餘三人是這次的採訪小組。」井澤指著守在後方的三人。

松田等人頷首致意，間宮夫妻行禮回應。

「那麼進入正題，我說明一下這次委託的主旨。我們想要知道的，是在這處平交道過世的女子身分。不管是姓名還是住址都好，希望能得到查出她身分的線索。」

「好的。」清枝說：

「我會詢問本人。」

意思是要詢問死者。松田不批評也不否定，接受了這個答案。

「招靈會以什麼形式進行？指定地點的話，我們可以準備。」

結果清枝踩著午後散步般輕盈的步伐，開始走向平交道。松田津津有味地看著靈媒的行動。清枝毫不猶豫地進入平交道裡面，穿過軌道，去到北側的馬路後，突然停下腳步，俯視自己的腳下。那裡是過去身分不明的死者陳屍的地點。清枝移動到一旁，縮起腳來，神情變得陰暗，眼神循著通往窪地底部的坡道望去，接著很快又收了回來。

靈媒的動作，看起來就像對女人死前的狀況瞭若指掌。松田感到奇妙極了。委託鑑定的靈異照片裡，長髮女子是飄浮在平交道裡。清枝不可能知道遺體正確的發現地點，以及她死前的動向。

「照片上的小姐在平交道的另一邊。」清枝對井澤說：

「我們從這裡呼喚她吧。」

井澤一臉糊里糊塗，指著自己所在的南側路面，對部下說：

「這邊。」

聽到這話，吉村和工藤著手設置攝影器材。負責拍影片的工藤從包包裡取出小型攝影機，裝上攝影燈。吉村脖子上掛著兩台有閃光燈的單眼相機，在架設於路邊的三腳架裝上第三台。攝影師窺看觀景窗，謹慎地決定角度後，拜託說：

「松田大哥，我想對焦一下，你可以站在平交道裡面嗎？」

松田移動到平交道，走到軌道中央，等待吉村調整好相機焦距。往下行方向望去，是視野不佳的急彎，上行方向則可以遠遠地望見下北澤站小小的月台。沿線設置的許多號誌機默默散發出紅光或綠光。松田模仿靈媒，閉上眼睛試著感應，但只是臉頰感受到吹過軌道的寒風。

設置好相機的吉村詢問靈媒的丈夫道：

「招靈期間打閃光燈沒關係嗎？」

「沒關係。」恭章回答：

「只不要是一直閃就沒問題。」

吉村道謝，將捲片器切換成連拍模式。

「距離末班車還有一段時間。」井澤對間宮夫妻說：

「外頭很冷，請先在車子裡面等吧。」

「謝謝。」

夫妻正準備回車上，卻只有清枝忽然回頭，和丈夫道別，一個人來到松田所在的平交道。

松田期待靈媒可能又感應到什麼，在原地等待。然而她看的不是平交道，而是松田。後者在她的眼中看出純粹的關懷，即使被她盯著看，也不覺得不舒服。

清枝來到警報機前開口：

「是你在調查這個平交道吧？」

松田微笑。

「您怎麼會知道？」

「你的神情很溫柔。」

松田等她繼續說，但片刻間，清枝只是盯著他看，沒有更進一步的回答。清枝看起來就像個普通人，但實際面對面交談，卻能感受到一種清淨的氣質。

松田努力平靜地問：

「我想請教一個問題。」

清枝也微笑著催促他說下去。

「要怎麼樣才能和過世的人交談？」

「這個嘛，比方說——」清枝目光移動，注視著松田背後的空間。

「您身後有個頭髮及肩、肩頭線條非常美的中年女子。她左胸的部分似乎不太好，您知道她是誰嗎？」

「那是——」松田語塞，接著說：

「是內子。」

「我感覺到她的幸福。她生前應該過得很幸福。」

「幸福？」

「是的，她懷抱著一個人一生份量的幸福啓程了。」

「可是——」松田想要辯駁。

「太太現在仍在您的身邊。她笑得很美。」

如果這是眞的，那該有多好？松田心想，可是他不願意把靈媒的話照單全收。松田在湧上心頭的後悔摧折中說：

「我什麼都沒有給她。」

「不，沒有這種事。」清枝搖頭，就像在述說自身的幸福似地接著說：

「全心投入工作的丈夫。沒有任何猜疑和紛爭、安穩的家庭。連窗外吹進來的微風都讓人心情寧靜的每一天。她臉上的笑容，是這樣的笑容。太太的人生雖然不長，但充滿了無可取代的幸福。」

松田縮起嘴唇，重重地吐出一口氣。若不這麼做，忽然湧上來的淚水就要奪眶而出了。

「去感覺對方的心就行了。這就是與過世的人對話。只要能打從心底分享他們的喜悅和悲傷，他們就一定願意現身。」

「一定嗎？」

「對。」清枝點點頭，轉向陳屍的地點。

「在這個平交道力盡而亡的小姐，相信您一定辦得到。」

松田揉了揉雙眼，回頭望向背後的平交道。警報機亮起紅燈，隨著警報聲開始閃爍。松田在軌道對側尋找長髮女子的身影，但依然無法看見。

遮斷機放下的時候，井澤來到兩人附近說：

「末班車要來了。列車通過之後，就麻煩大師招靈。」

清枝點點頭，對松田說：

「我們走吧。」

不知為何，松田對此地依依不捨，他再三回頭看平交道，回到採訪小組等待的地點。

原本在車上等待的恭章也和眾人會合，目送開往箱根的列車。警報聲停止，遮斷機升起後，周圍被寂靜所封閉。松田看看手表，發現現在正是一點三分。長髮女子就像追逐著末班車，走到平交道，在那裡死去了吧。

「那麼……」井澤催促清枝開始招靈實驗，向在路邊守候的兩個部下打信號。

工藤打開攝影機照明，黑暗中，三號平交道的警報機一清二楚地浮現出來。清枝從眾人當中走出來，在平交道前方五公尺處停步。她視線對著前方，從大衣口袋取出念珠。看起來也像是基督徒的玫瑰念珠，或許是她自製的法器。

吉村零散地按快門，清枝將數珠纏繞在雙手手指，垂著頭，一心一意開始祈禱。

採訪小組的視線集中在靈媒嬌小的背影。細微的呢喃聲穿過寂靜的夜晚空氣傳來。清枝不使用宗教儀式的經文或祈禱文，似乎是以平易的話語對死者說話。

「我在此恭敬地請求，請將您的感受傳達給我，讓我看見您的身影，感受您的苦處。」

松田感覺到現場的空氣漸漸緊繃起來。就彷彿頭上幽冥的空間伸出看不見的咒縛絲線，將平交道一帶束縛起來。旁邊的井澤和中西或許也被異樣的氛圍所吞沒，一動不動地靜觀其變。夜霧似乎開始彌漫，白色的霧靄乘著風，一陣陣掠過軌道上方。

很快地，清枝的話聲變得模糊起來。原本平靜的聲音，慢慢地轉變成痛苦的呻吟。聽到那逼真的聲音，一陣冰寒竄過松田的背。從靈媒口中擠出來的聲音，很像深夜電話裡的聲音。就是刑警斷定「不是裝出來的」那聲音。

清枝彷彿承受著瀕死的痛苦，慢慢轉動著肩上的頭。那模樣完全就是垂死之人，松田開始想她是不是真的被遇害女子的靈魂附身時，平交道冷不防被一片黑暗所籠罩。

眾人不明白發生了什麼事，轉向熄掉的照明。原本在錄影的工藤困惑地說：

「電源斷了。」

在旁邊拍照的吉村也手忙腳亂地操作著自己的相機說：

「相機快門也不動了。」

總編和主任想要對部下說什麼，但兩人立刻驚駭地仰望天空。因為平交道上方傳來了樹幹斷裂般的聲響。

除了靈媒以外，在場所有人都抬頭尋找聲音來源。怪聲比松田在看守所接見室聽到的更要大多了。但是——松田回想起來。這怪聲應該只是更進一步的異象的前兆。

「喂。」旁邊的總編發出沙啞的聲音。

「有東西。」

松田轉回前方，注意到發生在平交道另一側的變化。過去陳屍的地點，浮現出細細長長、像霧氣的白色直條物體。淡影看似一縷清煙，卻沒有被風吹散，停留在一處，在空中幽幽擺動。採訪小組全都說不出話來，緊盯著怪奇現象。白色影子有著微妙陰影，讓人想到長長的黑髮，或是沾染全身的血跡。

很快地，它漸漸形成女人的站姿，朝這裡動了起來。採訪小組應該每個人都有股想要後退的衝動，卻全身僵硬，動彈不得。

隨著白色人影朝平交道靠近，繼續招靈的清枝的呻吟加上了異質的聲音。沙啞的子音和母音結結巴巴地連續著。松田緊盯著前方的超自然現象，拚命想要聽出清枝呢喃般的聲音。苦悶的呼吸之間，重複帶著吐氣的「都」和「伊」等音，隨著人影靠近，愈來愈清楚。

貌似亡靈的人影飄浮在半空中，已經要進入三號平交道了。女人朦朧的身影穿過遮斷機旁，即將越過軌道而來的瞬間，清枝以慘叫般的聲音發出了死者的話。松田一清二楚地聽見，是重複了兩次的「TSUGUMINO」這個詞。

靈媒尖銳的聲音拉出尾音消失後，支配全場的緊張絲線唐突地綳斷了。平交道再次被光籠罩。攝影機的照明亮起，吉村的三台相機開始自行連拍，在周邊噴射出閃光。這時平交道上飄浮的人影已經消失得無影無蹤，松田的四肢也恢復了自由。

其他人應該也已經從不可見的束縛中解放，但所有人都默默無聲地佇立在原地。方才的體驗完全超越了各人的理解，因爲過於混亂，他們全都動彈不得。沒多久，騷動般的低嘆聲在眾人之間傳播開來，彼此面面相覷，這時井澤忽然「啊！」地驚呼了一聲。站在前方的清枝忽然全身脫力，往後倒下。恭章連忙衝上去，抱住差點倒在路上的妻子身體。

松田等人也趕到夫妻身邊，幫忙把清枝搬到車上。靠在後車座的靈媒面無血色，感覺不到任何生氣。

「她還好嗎？」井澤問。

「休息一陣子就會恢復了。」恭章回答，搖了搖頭，彷彿表示自身也精疲力竭，補了句說：

「這麼厲害的狀況很少見。」

一臉恍惚的清枝眼睛動了動，在圍繞著自己的男人當中找到松田，淡淡地微笑了。松田向她點點頭，靈媒閉上眼睛，彷彿落入沉睡。

「先讓她就這樣待一下吧。」恭章說。

松田把這裡交給總編，回到平交道。震撼眾人的超常現象現場恢復寂靜，空氣一片清澄，幾乎可以一清二楚地看見街道與夜空的境界。

這時吉村也過來了。採訪三號平交道幽靈的記者和攝影師，在白色人影出現的位置四處查看，確定沒有任何異常。

「看到了嗎？」吉村問。

「看到了。」松田簡短地回答。

「聽到靈媒的話了嗎？」

「沒有。」吉村驚訝地搖頭。

「她說什麼？」

攝影師似乎專注在白色人影上，沒注意到清枝說的話。松田正想回答，眼睛一隅卻捕捉到奇異的事物，轉向窪地底部。壞掉的自動販賣機另一頭，看得到命案現場的空倉庫。剛才那裡模糊的玻璃窗內，電燈泡的光似乎亮了一下，是錯覺嗎？

「TSUGUMINO。」松田低聲呢喃靈媒傳達的死者的話，接著轉向吉村說：

「最後的線索是『TSUGUMINO』。不管信或不信，都只剩下這個線索了。」

11

「TSUGUMINO」是什麼意思？隔天在資料室，不只是中西和工藤，連攝影師吉村都自告奮勇來幫忙調查。

起初，眾人想到的漢字是「鶫野」，也就是「斑鶫飛來的原野」，感覺就像是地名。然而查遍了地名辭典，都沒有發現叫這個名稱的土地或鐵路站名，那麼有可能是人名。因爲既然日語當中沒有「TSUGUMINO」這個詞彙，那麼就一定是專有名詞。

怎奈翻遍了人名辭典、人物名鑑，甚至是全國主要都市的電話簿，都沒看到「TSUGUMINO」這個姓氏。藝名或筆名也一樣，文化人士當中，沒有人使用這個古怪的姓氏。從發音來看，也不可能是名字，因此最後排除了是人名的可能性。

剩下的可能就只有法人或店名，但這部分幾乎是天文數字，即使眞的有「TSUGUMINO」這個名稱，也不可能找出來。松田唯一寄望的是旅宿設施。要是有同名飯店倒閉，是否就是女人的老家？

松田滿懷期待，翻閱直到二十五年前的飯店年鑑，但這邊的清單也找不到叫「TSUGUMINO」的飯店名稱。

見證招靈的採訪人員當中，只有松田一個人聽到靈媒的話，因此眾人開始懷疑會不會是把其他詞彙聽錯了。也有人說或許間宮清枝說的是句子的其中一部分，本來要說的是「斑鶇的──」，但後面未能說完。但就算假設是「一群斑鶇如何」之類的句子，也無法由此得到任何新發現。

中午過後，總編來到資料室，向松田告知意想不到的成果。

「約到野口進了。」

「眞的嗎？」

「嗯。我提出『想請教議員洗刷貪瀆疑雲的感想』，他就答應了。採訪時間是明天晚上，地點在文京區的住家。」

這雖然是個好消息，但松田感到焦急。明天晚上的話，已經是截稿兩天前了，然而卻連遇害女子是誰都還不清楚。這樣一來，逼問野口的力道也會減弱許多。

來到資料室的眾人在一無所獲的狀況下解散了。眾人之間萌生了一抹疑念，靈媒說的話，會不會是在出神狀態下發出的沒有意義的聲音？

松田回到自己的辦公室，調查賞鳥愛好家的全國組織所在地，搭計程車前往位於鄰町的事務所。因爲著急，他沒有預先約時間，但儘管是臨時採訪，辦公室裡的老會員仍爽快地答應了。

並排著六張桌子的辦公室裡，裝飾著會員拍攝的野鳥照片，擺滿了單雙筒望遠鏡。接待他的會員不愧是賞野鳥愛好者，大冬天的仍曬出一身健康膚色。

「我想請教斑鶇的事。」松田開口，會員探出身體，露出微笑，就像在說他會知無不言。

「斑鶇是冬季候鳥，對吧？」

「沒錯，斑鶇在秋季飛到日本過冬，春天再飛回西伯利亞，大小和椋鳥差不多。」

採訪對象在桌上打開圖鑑，展示斑鶇的照片。這種野鳥體型像麻雀，眼睛上鑲了一條白線，顯得氣宇軒昂。

「日本有斑鶇過冬的代表地區嗎？」

「沒有特定的地點或地區呢。」

「想要觀察斑鶇的人，都會去哪裡？」

「也不會特別去哪裡。斑鶇不是什麼罕見的鳥，不必辛苦去找，只要是平地或矮山，哪裡都可以看到。」

松田心想這裡也撲空了嗎？又繼續提問。
「那麼，您是否聽過有『鶇』這個字的名稱？地名、人名、公司行號，什麼都可以。或是聽到『鶇野』這個詞，您會想到什麼嗎？」
「『鶇野』的話，有這個地方啊。」
對方稀鬆平常地這麼說，松田吃了一驚。
「有叫『鶇野』的地名嗎？」
「那不是正式地名或住址，只是當地人這麼稱呼而已。」
「難道在大阪附近？」
「不，沒那麼遠，就在隔壁神奈川縣的山裡。那裡有一座小村子，那一帶就叫做『鶇野』。」
松田再次攔計程車返回公司。時間已是下午三點多，他很想立刻趕往鶇野，但現在過去，抵達的時候都晚上了。
他先前往總編席報告採訪成果，井澤意外地說：
「原來真的有叫『鶇野』的地方？」
「是的。不過要過去看看，才知道是否和女人的身分有關。」
「至少那個靈媒不是隨便瞎說的。」
「是啊。」
總編的表情是驚懼與困惑摻半。松田覺得，這是窺見非道理能夠解釋的世界的人共同的反應。

「昨晚我們在平交道看到的到底是什麼？」總編說。

「沒有人能解釋。」

「那些內容，沒辦法直接寫出來。」

「我明白。」在媒體業的角落，又有一個事實從黑暗中被挖掘出來，又被葬送在黑暗裡。

「現在先不管靈異報導，集中在查出女人的身分吧。明天一早我就去鵜野。」

井澤點點頭。

「不過明天晚上有野口進的面對面採訪。不管有沒有收獲，傍晚就趕回來。」

「是。」

到鵜野的路程單趟兩小時半，採訪完全可以當天完成。

和總編談過之後，松田傍晚便離開公司，買好隔天早上的特急車票後回家。為了彌補這陣子的睡眠不足，他提早上床，但深夜醒來了一次。看看時鐘，是凌晨一點三分。在這個時間醒來，已經成了他的習慣。他在陰暗的臥室裡拉長了耳朵，但電話沒響。

松田想，打電話來的人，已經沒有要訴說的事了嗎？若是這樣，這項工作也接近尾聲了。

松田聆聽著隔壁房間隱約傳來的鐘擺晃動聲，再次落入睡夢中。

12

隔天一大清早，松田出門搭車到新宿車站，轉乘前往箱根湯本的特急列車。漆成橘色的觀光列車，在擠滿通勤乘客的月台中大放異彩。

再過個十天，前往溫泉勝地的列車應該就會擠滿春節遊客，但現在因爲是聖誕節前夕忙碌的年關時期，有許多空位。松田坐下來等待發車，思考今天的採訪。

特急列車在七點三十分準時從新宿車站出發，接著短短五分鐘就經過了下北澤的窪地。掠過窗外的三號平交道，通勤與通學人群正在等待遮斷機升起，這過於日常的景象，反而讓松田大吃一驚。即使是當地居民，應該也幾乎都不知道這處平交道頻繁發生怪奇現象吧。松田也認爲有五名媒體人士在深夜時分，於人們生活的場域目擊到疑似亡魂的人影的事實，還是不要公開比較妥當。

特急列車從都市地區開往郊區、田園地帶，窗外風景目不暇給地變換著，持續行駛。松田利用車廂服務點了三明治和咖啡當做早餐。列車在海邊城市小田原停車，接著路線轉往內陸，朝箱根的群山前進。

從新宿出發九十分鐘後，上午九點，列車抵達終點箱根湯本站。一走下月台，不同於東京的清澈空氣便圍繞全身。箱根湯本站相當於一大觀光地區的玄關，遊客以此爲起點，朝向山地、湖泊、美術館或溫泉旅館等各自的目的地散開。

松田走出驗票口，前往剛開門的觀光導覽處，確定前往採訪地點的交通手段。鶇野位在箱根町與函南町的境界一帶，遠離觀光景點，只能搭計程車，或一小時只有一班的公車。若是一般採訪，松田會坐計程車，但導覽處人員說十五分鐘後有一班公車從站前出發，松田選擇了公車。因爲他認爲看看公車乘客，應該可以掌握當地人的氣質。

然而松田的計畫落了空，前往鶇野的公車上，沒有其他乘客。他一個人坐在最後一排，隨著公車在山林包圍的小路上不斷前進，他有種不是在觀光地旅遊，而是前往人口過疏地區的感受。公車不斷往西行，結果一路上沒有任何乘客上車，就抵達了目的地。

松田下了車，目送公車開走，看著公車站生鏽的告示板。上面確實寫著「鵜野」，但前後看到的只有山林中的一條路，沒看見任何像人家的建築物。

松田在微陰的天空底下，沿著連路邊護欄都沒有的路，繼續朝西前進。結果走了一段路，左側的樹木消失，平緩的斜坡上零星散布著古老的屋舍。

松田停步，滿懷感慨地看著鵜野村落。長年來被居民踩實的泥土路朝山上延伸，稀疏的房屋在樹木間若隱若現。現在樹葉落盡，因此景色一片蕭瑟，但若是盛夏到來，一定會呈現一番截然不同的風情。

松田踏上小徑，進入採訪地點。沒看到居民。高度成長期以前，這裡應該也是一座充滿活力的山村，但現在似乎同時遭受人口過疏與高齡化的雙重打擊。他正想著就算採訪每一戶，應該也用不了多久的時間，這時小徑對面有一輛白色小轎車開了過來，開車的老人注意到松田，停下車子。

「怎麼了？怎麼會跑來這種地方？」老人打開駕駛座車窗招呼。

「是迷路了嗎？」

松田看出對方半是出於親切、半是出於警戒而招呼。松田恭敬地行禮後，湊近老人說：

「敝姓松田，是從東京來為雜誌做採訪的。」

他遞出名片，老人誇張地佩服說：

「咦，從東京來的？來採訪什麼？」

「我想知道關於這位小姐的事。」

松田從外套口袋取出兩張照片。一張是長髮女子，另一張是站在育幼院前面的女孩。

「這兩人應該是同一個人，您認識她嗎？」

老人看了一眼，隨即抬起目光，面無表情地回答：

「不認識。」

松田還想繼續提問，但老人關上車窗，小轎車直接發車，開出鋪面路，朝箱根湯本的方向離去了。

老人認識這個女人。當了那麼多年記者的松田看得出來。問題是，爲什麼要假裝不認識？總之確實有了反應，松田決定挨家挨戶打聽。

村落的第一戶人家有圍牆，但只是以木棒搭建、意思一下的圍籬而已。因爲沒有大門，松田直接進入土地，輕敲玄關拉門，揚聲喊：

「請門有人在嗎？」

「來了！」立刻傳來回應，一名七旬老婦出來應門。

松田像剛才那樣自我介紹，撩撥在偏僻土地過著無聊生活的老人好奇心後，亮出兩張照片提問：

「您認識這位小姐嗎？」

老婦人的反應和小轎車的老人一模一樣。冷淡地否認。連把門在松田面前甩上的動作都一樣。

看來在這個村落，談論照片中的女子是個禁忌。他有過好幾次經驗，小型共同體當中要是出了凶惡罪犯，居民就會把那個人當成全村之恥，不約而同地拒絕採訪。但是這個女人到底做了什麼？長髮女子是命案被害人，雖然認識她的人私下議論她可能賣春，但從指紋可以確定她沒有前科。

松田一面走向隔壁戶，同時再次端詳在育幼院前面拍攝的照片。女孩難說天眞清純的假笑——難道她過去是個素行不良的問題兒童？

第二戶應門的是個相貌溫和的老夫婦。老人柔和的態度讓松田萌生期待，但回答還是一樣：

「不認識。」

第三戶，走到門口正想出聲叫人的松田，聽見屋內傳出的人聲。

「從東京來的記者？來做什麼？啊，這樣。知道了，我會這麼做。」

可疑的雜誌記者在村子裡亂轉的事，已經透過村子的情報網傳開來了。松田離開那裡，往村落深處走去。這種情況，願意打破團體的禁忌開口的，只有年輕人或離群乖僻的人。後者的話，可以塞錢收買，但是在這麼小的地方，不管是年輕人還是離群乖戾孤僻的人，感覺都很難找到。

回望來時的路，和窗戶裡偷看這裡的村人對望了。松田加快腳步，尋找不會被人看到的地方。

來到村落邊郊沒有人家的地方，有一座鎭守森林。松田在通往神社的石階坐下來，重新細看兩張照片。都已經來到這裡了，他才爲時已晚地面對了最根本的疑問，他怎麼會在超過三百公里的箱根深山，調查過去待在大阪育幼院的女孩身分？會不會村人在隱瞞什麼只是他多心，照片中的女人跟這個村子根本沒有任何瓜葛？

儘管這麼想，但箱根這個地點卻也引起他的注意。箱根唯一的產業就是觀光，有無數的旅宿設施，應該有數不清的倒閉飯店和旅館。

要是在這裡的採訪繼續碰釘子，就鎖定箱根這個地方，重新調查一下經營不善的飯店嗎？松田正自尋思，在野鳥的啼叫聲中聽見孩童的聲音。兩個小女孩一邊嬉鬧，一邊經過神社前面的路。是即將上小學的年紀。就算是人口過疏的村落，還是有這麼小的孩子嗎？松田不禁莞爾。

要是引起疑心就不好了，松田想要佯裝漠不關心，視線卻違反意願，緊盯在兩人的手上。兩個小女孩指頭捏著折紙小鳥，模仿鳥叫聲在玩耍。

松田忍不住出聲叫住兩人。

「小朋友。」

兩個小女孩停步，笑容消失了。有陌生叔叔向她們攀談，似乎讓她們感到害怕。松田努力裝出溫柔的表情問：

「可以讓叔叔看看妳們的折紙嗎？」

一名女孩遞出用紅紙折成的小鳥。松田接過來仔細查看。和岡島惠美在健身俱樂部頂樓給他看的一樣。她說長髮女子一邊折小鳥，一邊告訴她小時候的事。

「折得眞好，是妳折的嗎？」松田問。

「這是小鳥，對吧？」

「嗯，是斑鶇。」較矮的小女孩說。

「這是誰教妳折的嗎？」
「嗯。」
「是妳媽媽教妳的嗎？還是老師？」
小女孩扭捏地說：
「是阿姨。」
「阿姨？哪一個阿姨呢？」
「那邊。」
小手移動，指向比神社更深山的地方，孤伶伶地建在村落邊緣的人家。那是一棟老舊的平房，庭院的晾衣桿上，衣物隨風搖擺。
「阿姨會教大家折紙嗎？」
「嗯。」
「她是妳們的親戚嗎？」
小女孩搖搖頭。
「她是做什麼的？」
「不知道。」
對話期間，個子較高的女孩露出擔心的表情來，催促朋友。
「我們走吧。」
松田歸還折紙。
「謝謝妳們。」

兩個小女孩頭也不回地跑掉了。速度快得讓人擔心會不會跌倒。女孩們指的人家，模糊的玻璃窗裡有人影。松田從石階站起來，爬上平緩的坡道，準備向教導當地小孩折紙的阿姨打聽。

那棟小房屋就像鵜野其他的住家，建在由簡單的柵欄圍起來的土地裡。簡陋的玄關沒有門牌也沒有門鈴，松田敲門出聲問：

「請問有人在嗎？」

片刻後，裡面傳來人的動靜，玄關門打開來。

「來了。」探頭出來的是一名初老女子。眼角的皺紋醒目，頭髮隨手盤起，容貌讓人想到生活的勞苦，但表情柔和。看來居民之間的警告電話還沒有傳到這裡來。

「抱歉突然打擾，敝姓松田，我是從東京來幫雜誌做採訪的。」

松田遞出名片，女子訝異地應了聲，「喔……」

「希望可以借用一點時間請教一些事——」松田盡力溫和地說，出示兩張照片。

「請問您認識這位小姐嗎？」

女子嘴巴半張，直盯著照片。接著目光回到松田身上，顯然是在猶豫要不要回答。至少她沒有否認。松田確信，如果有人會打破村子的禁忌，就只有這個人了。

「如果您認識她，名字就好，請告訴我她叫什麼吧。」

女子的眼睛微微顫動，似乎就要開口，但視線立刻投向遠方。松田回頭，看見兩名村人站在神社石階前，裝作站著閒聊，正在觀察這裡。

「別站在這裡談，請進去裡面吧。」女子說：

「不過屋子簡陋，請多擔待。」

「太感謝了。打擾了。」松田爲如同期待的發展感到欣喜，踏進狹小的房屋裡。

玄關脫鞋處只有一雙老舊的鞋子，沒看到男人的鞋子，看來女子是獨居。往屋內深處的通道也兼廚房，戶外光線透過窗戶柔和地投射在充滿使用痕跡的流理台上。

松田被帶往的是放著櫃子和電視的六張榻榻米起居室。女子請他在坐墊坐下，松田脫下大衣落坐的期間，她俐落地收拾矮桌桌面。點心、果汁，還有折紙，應該是招待剛才那兩個小女孩的痕跡。桌邊還有一疊郵件，他在年金還是什麼的通知書收件人上，看到「文子」這個名字。沒看到姓氏。若是女子願意接受採訪，他會詢問全名，但他認爲考慮到這座村子的風氣，以匿名處理比較好。不過這名叫文子的女子請雜誌記者進家裡的事，應該已經在村人之間傳開來了。

文子先折回廚房，泡了茶回來。

「抱歉沒什麼可以招待的。」這麼說著端出茶杯的動作流麗得驚人。松田看出那是職業人士的動作，推測她過去可能是旅館或餐館的女侍。

文子在對面跪坐下來，說了聲「那——」，又沉默了。這是她第一次接受記者採訪，似乎不知所措。

「我要說什麼才好？」

「是。」松田接過話頭。

「請容我再自我介紹一次，敝姓松田，是《月刊女性之友》的記者。」

他會再次自我介紹，是期望對方也報上姓名，但看來文子仍帶著戒心，只是不安地點了點頭。

「剛才請教的問題——」松田把兩張照片放到矮桌上，挪到文子面前。

「這位小姐似乎與這座村子有關，所以我前來採訪。您是否知道她的名字還是什麼？我推測她可能是鵜野這裡的人。」

文子默默無語，只是目不轉睛地看著照片。

要對方開口，只能穿針引線般，逐一提示線索了。松田內心祈禱「拜託妳回答啊」，從確認基本事實開始。

「這兩張照片，拍到的應該是同一個人。小時候的照片，是超過十年前在大阪的育幼院拍的。」

「喔……」文子虛弱地回應。

「另一張呢？」

「這是三年前在東京拍的照片。是酒店的宣傳照。」

「酒店？她在酒店當小姐嗎？」

「是的。」松田遲疑了一下，刻意加上驚人的訊息。

「她好像私下也在接客。」

不知是否心理作用，文子的肩膀看似垮了下來。

「關於這位小姐的身世，唯一還知道的另一件事，是她的父親過去似乎經營一家大飯店。聽說她小時候住在宮殿一樣的家，在飯店的游泳池和花園玩耍。」

「這是誰說的？」

「據說是本人這麼告訴朋友的。」

聽到這話，文子的表情暗了下來。是一種看得出深切同情的神情。

「原來這孩子說了這種話嗎？」

松田克制想要往前探去的衝動，平靜地說：

「您認識這位小姐呢。」

「對。」文子深深點頭，斷續低沉、彷彿一字一句落到腿上似地說了起來。

「照片上的女孩，就像你推測的，是這座村子出生的。不過她說家裡是開大飯店的，那是假的。」

「假的？」

「對。她父親是個四處漂泊的廚師，在廉價旅館當廚師的時候，有了這孩子。所以她小時候玩耍的地方，是廚房後面的員工休息室。房間既狹小又陰暗，只有一顆電燈泡。她都在那裡一個人折紙打發時間。」

終於找到知道女子身分的證人了。松田滿懷成就感，但對方突然娓娓道來的內容也讓他感到震撼。生前的女子，對唯一一個朋友訴說的身世是假的。父母沒空理睬、在陰暗的小房間裡一個人遊玩的小女孩，活在自己住在宮殿般豪宅的謊言裡。唯獨那時候，她露出幸福無比的微笑。

「然而，就連這樣的生活也不長久。五歲的時候，她的父母離婚，她和體弱多病的母親分開，被父親帶著離開這座村子了。後來就一直音訊不通，直到十二歲那年，父親因爲飲酒過量死去，她被安置在大阪的育幼院。」

過去蒐集到的線索開始連成一條線了。松田把文子所說的內容刻劃在記憶當中，一字也不遺漏。

「然後，她好不容易回到了這座村子，可憐的是，那時候她已經變成一個不會笑的孩子了。」

「不會笑？」

「嗯，世人一定不知道有這樣的小孩吧。」

松田無法理解受訪者所說的話。他望向面露陰沉笑容的女孩照片，反問：

「這是什麼意思呢？」

「她從懂事的時候開始，似乎就從來沒有經歷過任何快樂的事，所以不知道該怎麼笑。」

即使聽到這樣的說明，松田還是不懂。人不知道怎麼笑，這種事有可能嗎？

「也就是說，她在大阪的生活很辛苦？」

文子低著頭，抿著唇，就像在承受著什麼。雖然察覺自己的訪談讓對方痛苦，松田仍繼續追問。

「難道她遭到父親虐待？」

「對。」文子點點頭，以浮現皺紋的小手掩住自己的嘴巴。

「她的父親逼還是小學生的女兒賣春。」

松田感到一陣暈眩。文子的證詞就是如此震撼。

「自己不工作，讓還不懂事的女兒每天接客——」文子拉起腿上的圍裙，抹了抹眼睛。

「她經歷過這樣的遭遇，就算在東京從事不光彩的工作，也沒辦法苛責她吧？如果想要一個人活下去，也只有這條路可走了，您可以理解吧？」

被這麼尋求同意，松田點頭說「我理解」，開始發現自己犯了重大的過錯。他必須立刻打斷，提出其他問題才行，但文子卻自顧自說了下去。因爲對於前來採訪的記者，她有必須爲照片中的女子辯護的理由。

「她在大阪的事，有段時間都是祕密，但消息不曉得從哪裡傳了進來，村子的人很快就知道了。這村子這麼小，容不下被玷污的女孩。得知連母親都因此丟了工作，女兒離開了家裡，再也沒有回來了。所以您今天來採訪，我真的很感謝。」

松田的疑念轉爲悲傷的確信。

「難道您是——」

「對，我是她的母親。」

文子抬頭，眼中已經沒有淚光了。是一種傾吐出淤塞在內心的一切、神清氣爽的表情。那模樣看在松田眼中，顯得殘酷。

文子一改先前苦悶的語氣，以慈母的聲音問：

「那我女兒現在在哪裡？」

松田反射性地避開對方的目光。他尋找逃離這艱辛角色的藉口。他只要建議文子向警方報案失蹤協尋就行了。如此一來，接下來警方就會查到在下北澤的平交道發現的身分不明屍體。但他覺得要是做出如此卑鄙的事，形同污衊自己的人生。自己是否被看不見的某人意識所選中，賦與使命，才會來到這名母親身邊？

「必須告訴您這個消息，我眞的很遺憾——」松田拚命維繫幾乎要中斷的聲音說：

「令嬡在一年前，在東京過世了。」

松田等待片刻，卻沒有回應。他抬頭望去，看見文子以詢問女兒消息時相同的表情坐著。很快地，只有手動了起來，觸摸矮桌上的茶壺，說「得重泡一壺」，站了起來，然後人就這樣定住不動了。

從霧面玻璃滲透進來的淡光之中，文子嬌小的身體顫抖著，松田再也無法將目光從開始扭曲的老母親臉上轉開。他已經有了受罰的心理準備。

「那孩子生下來到底是爲了什麼？」文子從牙關擠出聲音說：

「我有好多事要向她道歉。她一點過錯也沒有。明明她那麼拚命想要活下去……」

文子雙手覆臉，發出哀嚎般的哭聲，癱軟下去，趴伏在榻榻米上。松田在那裡看見兩年前的自己，陪著文子一起流下痛失至親的淚水。

松田離開採訪的人家時，照亮山脈稜線的太陽已經西斜了。雖然聽到野鳥啼叫，但不知道是不是斑鶇。腳上老舊的鞋子變得更沉，有種漫無目的地流浪了好久的疲倦感。

他能爲文子做的事都做了。首先聯絡北澤署的荒井，告知已經查到被害人的身分，請他指點家屬接下來該做的事。結果首要之務是前往警視廳的身分不明諮詢室確認遺體資料，後續荒井會協助處理。荒井答應，從聯絡區公所到交付骨灰，都會幫忙。

「阿松，幹得好。」荒井最後說，但松田依然情緒低落。

在接下來辦理手續的過程中，文子將會詳細得知自己的女兒最後是怎麼死的吧。

松田基於最起碼的體貼，提議陪文子去東京，但文子的情緒恢復到可以對話的程度後，說她會請小田原的朋友陪她去，沒問題。松田等文子打電話，確定她認識的女性朋友可以過來後，爲兩人安排在東京的住宿。他把包括自家的聯絡資料告訴文子，要她有任何困難，隨時都可以打電話給他。辭去採訪人家的時候，他與過去也感受過好幾次的某種誘惑拉鋸著。每次遇到身處悲慘狀況的人，他就會想要跨越記者的分際，給對方一些慰問金。結果松田敗給了誘惑，以採訪謝酬的名目，單方面地留下十萬圓現金。儘管他明白即使這麼做，也絲毫無法安慰文子的心。

走在戶外，鶇野清澈的空氣、悠閒的景致、不知來自何處的孩童笑聲，甚至是想要排除外地人的村人的視線，這片土地所有的一切，都痛苦地壓迫著松田的心。這是女人離開這裡時最後看到的景色，也是再也不會歸來的故鄉模樣。

松田完成了自己的任務。他查出了陳屍在東京平交道的女子身分。報導中的「神奈川縣人A小姐」，現在松田知道她的本名、生日還有身世了。可是，知道了這些資訊又能如何？他了解了她的什麼？採訪得到的資訊，僅僅是附在生命上的標籤。她活過的歲月、短短二十四年的人生發生的事，只有她自己才知道。能夠談論她受傷的靈魂的人，已經不存在這個世上了。

走出公車站所在的鋪面路時，松田感覺到氣息，回頭望向村子。人家之間的草叢有鳥飛了起來。眼睛上鑲著白線，他認出那是斑鶇。散發堅強意志的小鳥，在烏雲開始籠罩的天空下拚命地振翅，消失在森林另一頭。

松田佇足片刻，注視著通往村子深處的上坡路。每天經過這條坡道上下班的那名母親，在教村中小孩折紙的時候，一定也沉浸在女兒年幼的回憶當中。她往後要如何活下去？除了在孤愁與緬懷的狹縫間老去，還能做什麼？

失去這世上唯一的所愛，人要依靠什麼度過殘生？松田到現在還是不明白。

東京小雨淅瀝。

在新宿站上車的計程車，即將經過歌舞伎町一番街的拱門前。

窗外日頭早已西下，五彩繽紛的霓虹燈照亮路上行人的臉。在開始漾起笑聲的鬧區裡，也有一眼就看得出從事陪客行業的女人。她們會笑，是因爲在那條街只能笑吧。要是拿掉笑容，就再也沒有容得下她們的地方。松田從浮華的街頭別開目光。不會笑的孩子，在這樣的街道也沒有容身之處吧。

荒井刑警說，檢察官和法官都不在乎被害人是誰。還說死的是哪裡的誰都無所謂。

『她超級陰沉的。』這麼說的小姐，一定也有只有本人才知道的故事。

『怎麼說，不知道怎麼笑，笑得超假的，心不甘情不願。』

身邊只有說她壞話的人。

『那女人爲了錢，不管是陪睡還是什麼都幹。』

推開這些聲音，自己無從逃避的聲音追趕上來。

『調查已死的妓女身分？這未免太瘋狂了。』

難以承受的羞愧，化成寫下罪狀的烙印，灼燒他的心。

計程車離開新宿，偏離幹線道路往北行，進入都心的高級住宅區。採訪活動的終點，感覺會是空虛的問答。只會聽到擅長謀騙世人的政客假惺惺的遁詞而已吧。

車子停了。松田瞥了窗外的豪宅一眼，付了錢走下計程車。雨勢變強了。他跑近金屬大門，旁邊嵌著刻有「野口進」的大理石門牌。他按下門鈴，任由雨淋，等待應答。

「請問哪位？」冷漠的男聲回應。

「敝姓松田，《月刊女性之友》的記者。我來採訪野口議員。」

「請進。」

大門右側狹小的通行門發出開鎖的聲響。松田推開金屬格子門，走進政客的住家。鋪滿石板的通道前方是西式玄關。許多重量級政治人物都過著國會議員薪水不可能供應得起的奢豪生活，為何國稅廳都不來調查他們？松田對此不滿。他站在監視器底下，門很快就開了。

「議員在等你。」迎接的是剛才回應的聲音，西裝筆挺的四十多歲男子。應該是野口的私人祕書吧。偌大的屋子裡不聞半點聲響，感覺不到其他人的動靜。男子笑也不笑，引導松田進入玄關廳中間左右的會客室。

擺著皮革沙發的室內被水晶燈的光線照亮。牆邊的展示架上陳列著洋酒瓶，甚至有應該是裝飾的暖爐。雖然窮奢極侈，卻毫無品味可言。

「請稍候。」男子離開後，過了一會貌似女傭的女子端來兩杯咖啡，擺在桌上。代議士家的接待沙發不知是否為了營造親密的氛圍，桌子很窄，兩兩相對的沙發距離很近。松田覺得這會是一場令人不舒服的採訪。

女傭離開後，松田又等了一陣子。不久後房間深處另一道門打開，膚色黝黑的老人終於現身了。是野口進。松田站起來，迎接這幢宛如宮殿般的豪宅的主人。在這個國家執牛耳的為政者不是從事政治活動時的高級西裝穿扮，而是在居家服上披了件袍子，但令人厭煩的壓迫感依舊。

「謝謝議員百忙之中答應採訪。」松田公事公辦地道謝，遞出名片自我介紹。

「松田先生啊。請坐。」野口進隨和地說。

勸坐的手勢底下，長袍的綢緞袖子優雅地搖晃。

松田坐下，爲了擺出樣子，拿起便條本和原子筆。他正在思考該從何說起，結果野口主動開口了：

「今晚要談收賄案嫌疑偵查終結的事吧？你要問什麼都可以。」

「是。」松田點點頭，然而相對於神采飛揚的野口，他的聲音虛弱無力。

「你們願意報導，我也很感激。最近有太多充滿惡意的報導了，教人受不了。尤其是媒體——」說到一半，野口泛光的眼睛浮現笑意。

「別覺得受冒犯啊。媒體懷疑有鬼，卻不肯讓我充分解釋，那根本不是冷靜問話的態度。所以今晚我會盡情抒發胸臆。你們是女性雜誌吧？」

「是。」

「這樣啊。別看我這樣，其實我是個女性主義者呢。」

「女性主義者？議員嗎？」

「對，雖然我總是擺出強悍的樣子，但其實我是個溫和派。」

「我想是吧。」松田同意。

可能是不中意松田的態度，野口露出掃興的表情，但立刻恢復原本的步調。

「好了，要從哪裡開始？說到金堂建設的捐款，我對天發誓，我完全不知情。平日我就千交代萬交代，叫祕書在政治獻金的處理上千萬要謹愼，他卻給我這麼不小心。當然，五萬圓的罰款我已經繳了，法律上我已經負起了責任。而且最後我並沒有因爲收賄被起訴，檢方證明了我的清白——」

野口點燃香菸，忙碌地呑雲吐霧，不斷地滔滔不絕。相對地，松田敷衍應聲，茫然地思考著。報導最後會怎麼樣？兩天後就是截稿日，但這次的一連串採訪會是什麼結果，他完全沒有頭緒。他沒有掌握到足以將野口和女人的關係印成鉛字的證據，即使現在在這裡想方設法追問，野口也不可能承認己罪。結果只能回到原本的靈異報導，述說平交道的怪事與命案之間的關聯嗎？這時，松田隨著痛苦回想起來，他在採訪剛開始的階段，查到妓女命案時，原本想以「魔性之女可悲的末路」爲標題大作文章。

繼續唱獨角戲的野口疑惑地看著沉默不語的記者，很快地，他不耐地「喂」了一聲，手指敲了敲桌子。

「你在聽嗎？筆記一下怎麼樣？」

松田抬頭。但他看到的不是醜惡的政客臉孔，而是哭倒在鶇野破屋裡的老母親身影。

那孩子生下來是爲了什麼？

他並不想把一輩子勞苦而得不到回報的母親、以及沒有發自心底笑過就慘遭殺害的女子寫成報導，暴露在社會大眾的眼中。比起迎合大眾下流的偷窺嗜好，現在還有其他應該要做的事才對。

「其實——」松田開口。

「我想請教的不是那件事。」

「不是那件事？那是哪件事？」

「另一邊的榮興建設的事。」

「榮興建設？這又是在說什麼？」野口嗤之以鼻。

「那邊根本沒有什麼事啊，我連一毛錢都沒收嘛。」

「這我也知道。但你不是收取現金，而是收了女人吧？」

一瞬間的停頓。野口被問個措手不及，目不轉睛地盯著松田。

「是一個清瘦的長髮女子，你應該還記得。」

「你到底在說什麼？」政客裝傻，露出刺探的眼神。他想看清楚記者究竟掌握了多少。

「你跟銀座一家高級俱樂部『夏芙隆』關係匪淺。」

「是啊。」野口倨傲地說：

「這件事每個人都知道。」

「你要俱樂部找來許多纖瘦的女子。」

「我幹麼這麼做？」

「爲了挑選用來賄賂你的女人。你替黑幫的白手套企業謀取方便，做爲回報，他們替你包養女人。」

野口太陽穴青筋畢露。

「你少在那裡胡說八道！你想被告妨礙名譽嗎！」

但聽到掌權者的恫嚇，松田也沒有退縮。

「那，你要說你也不知道笹塚的公寓嗎？你要說你一次都沒有去過那裡的三〇一號室嗎？」

「什麼黑幫，你少在那裡胡言亂語！訪談結束了！滾回去！」

野口厲聲罵道，作勢起身。

松田不理會，繼續追問。

「你殺了你的情婦，對吧！」

野口僵住了。

「爬到你這樣的地位，就可以隨意殺人嗎？不管做什麼，檢方都會放過你嗎！」

松田心跳加速，感到一股從未體驗過的可怕頭痛。

「你連自己派人殺的女人都已經忘了嗎！」

「少在那裡胡扯！什麼女人？」

松田從外套口袋取出照片，塞到採訪對象面前。

「就是這個人！不許你說不知道！」

雖然只有一絲，但驚慌掠過野口的臉，但他立刻露出豁出去的冷笑。

「對，我認識！她是『夏芙隆』的小姐！這又怎麼了！」

「你爲什麼殺了這個人？她苦苦掙扎求生，拚命想要活下來，你爲什麼殺了她？」

「含血噴人也要有個限度！你的目的是什麼？錢嗎？可是這女人跟我無關，她就是個妓女！」

松田頭痛到表情扭曲，以爲自己就要活活氣死了。

「妓女？妓女又怎麼樣？那你又算什麼？」

「這女的就是個婊子！老是裝出一臉假笑，要是她死了，那也是她活該！」

這句話響徹大腦時，松田的視野染成一片白霧，思考消失了。他隔著桌子伸手抓住野口的衣領拉過來，朝那張臉就是一記拳頭。一拳揮進排泄物般的噁心感擴散到整隻手，但他不管，第二拳、第三拳揮過去，發出怒吼：

「你是個人渣！你才是死了活該！妓女、賣身的女人就沒有資格活著嗎？給我回答，垃圾！」

然而野口沒有絲毫害怕的樣子，暴露出葬送眾多政敵的殘暴本性，撲向松田。

「你才是垃圾！喂！來人啊！」

松田的雙頰被野口的指甲抓破，他把野口拽倒在地上騎上去。他流下憤怒的淚水，揮開對方反抗的雙手，繼續毆打，忽然許多手從背後抓上來架住了他，把他從野口身上拖開。

「這傢伙是暴徒！」野口用手抹去鼻血吼叫。

「把他交給警察！」

不知不覺間趕到房間的三個男人聯手將松田拖走了。松田掙扎著想要甩開他們，但寡不敵眾，被拖往門口。

「你爲什麼殺了她！混帳！你馬上就會下地獄了，這個腐敗的政客！」

松田不斷怒吼，會客室的門在眼前關上。從視野消失的前一刻，令人唾棄的掌權者一臉困擾地皺著眉頭，只關心被鼻血弄髒的袍子胸口。

松田三兩下就被逮捕了。被拖出玄關大廳時，警方的第一陣已經抵達了。接下來松田在糊里糊塗的混亂狀態中，被按倒在地上，雙手反剪上銬，還被捕繩綁住了身體。

「逮捕現行犯！」叫聲在屋內此起彼落。

松田被帶出屋外，擠滿周圍的警車數量之多把他嚇到了。在夜晚的路上閃爍的無數紅燈，彷彿是爲了令罪犯喪膽而並排在那裡。松田被推進其中一輛警車，送往轄區警署。

金屬手銬比看上去的更要沉重。那稜角分明的冰冷觸感，不僅是剝奪嫌犯的身體自由，還具有心理的鎮定效果。讓松田失控的悲憤很快就平息下來了，取而代之，淪爲罪犯的慘澹情緒湧上心頭。很快地，情感陷入紛亂，眼淚差點掉下來，但想到自己唯獨不感到後悔，總算是克制住淚水。其中也摻雜了一點想要對自己虛張聲勢一下的虛榮。

抵達警署後，他從建築物後方的通行門入內，被帶到刑事課一個小房間。儘管是夜間，署內卻有許多警察進進出出，他訝異是怎麼回事，立刻發現原因出在自己身上。

接下來的程序，不只是偵查的一方，受調查的松田自己也有了幾樣發現。

首先警察指著松田臉上的抓傷和紅腫的右手，問他傷勢。松田張握內出血的手，確定疼痛的程度。好像沒有骨折。也就是說，對於野口，也只做出了不過爾爾的打擊。這是松田第一次打人，打得不夠狠是沒辦法的事，但留下了不完全燃燒的挫敗感。

但到了接下來的程序，身上的物品被沒收的時候，松田瞬間燃起了希望。因爲他藏在外套內袋的小型卡式錄音機被警方扣押了。松田偷偷錄下了動手當時和野口的對話。

若是就這樣上法庭，記錄動手過程的聲音被當成證據開示，下北澤三號平交道的命案就會成爲焦點。身爲被告的松田也能在陳述傷害動機時，說出截至目前的採訪內容。如此一來，其他媒體一定會繼續追查此一命案。毆打野口進是他不經大腦的行動，但若是能因此舉行公開審理，也等於是做出了起死回生的逆轉一擊。

隨身物品全被沒收後，松田被帶到別的房間，拍照和採指紋。松田已經乖乖配合指示了，然而只要動作稍慢一些，就會立刻引來警察毫不留情的痛罵。想到北澤署的荒井等等過去親近的那些刑警，對嫌犯一定也是相同態度，松田感到些許幻滅。

被關進拘留室之前，還有許多手續。爲了對嫌犯進行第一次筆錄，松田被帶到偵訊室。然而在那裡，他被銬著手銬，等了許久。

「是在等什麼？」即使他詢問，隔桌相對的刑警也只是命令他：

「閉嘴坐好。」

松田有了不祥預感。對於這起案子，水面下似乎有某些動靜。因爲毆打了右翼政黨的重量級人物，他蒙上了極左派的嫌疑嗎？或是往後的處置會加上野口的私怨報復？

等上老半天之後，終於有另一名刑警現身，俯視松田說：

「你被釋放了。」

松田一陣錯愕，刑警亮出釋放指示書接著說：

「檢察官指示的。你的東西等一下就還給你。」

松田無法理解狀況，呆呆地看著刑警爲他解開手銬。從罪狀來看，不可能不經逮捕，逕行起訴，更不可能是無罪釋放。

「怎麼回事？」

「總之已經決定釋放了，你乖乖照做就是了。」刑警不耐煩地說。

松田回到另一個房間領取私人物品時，小型卡式錄音機也直接歸還了。但這時松田才注意到重要的物品不見了。

「照片和便條本呢？」

「什麼？」承辦刑警望向才剛製作不久的物品清單。

松田回溯記憶，想到貴重物品的所在。

「我留在現場的東西。採訪用的記事本，還有長髮女子的照片，應該掉在房間裡。」

「那樣的話，應該是證物。現場扣押的物品，我不確定會不會歸還。」

「那兩樣東西確定是在警方這裡保管嗎？」

「你問我，我現在也無法回答。快點領了東西回去吧。」

松田終於看出腐敗掌權者的企圖了。他留在房間的採訪筆記本和照片，是不是警方進入現場前，被野口進回收了？然後野口進爲了隱瞞他殺害的情婦存在，今晚的事，也打算埋葬在黑暗當中。野口沒有報案，也不提告，只要利用自己的地位對警方施壓，要抹消發生在住家的傷害案，是易如反掌。松田對野口施暴的事不成案的話，當然也不會開庭審理。對松田來說，法庭是他唯一能夠公開說出未經證實的命案的場域，卻被徹底搶先封殺了。

照片可以複製，在鵜野的採訪內容可以再次前往採訪。但往後不管他怎麼寫野口，只要對方一句「那名記者闖進我家施暴」，報導的可信度便蕩然無存了。

松田領取物品，在警察凶狠的眼神目送下步出戶外，右手和兩頰的傷痛了起來。野口讓警方釋放他，一定是有自信不管雜誌記者再怎麼努力，都找不到他殺害情婦的證據。一想到就和收賄貪瀆案一樣，野口進這次又能全身而退，一敗塗地的屈辱便污濁了心胸。

松田來到雨雪紛飛的路上，在行經的車燈裡尋找計程車，打開BB CALL電源。編輯部傳來好幾則要他回電的訊息。

松田在拉下鐵捲門的商店前找到公共電話，一面在屋簷下避雨，一面按下公司電話號碼。時間早已過了凌晨一點，但截稿日迫在眉睫的這個時期，應該幾乎所有人都還留在編輯部。

「松田先生嗎！」編輯部的工藤接聽後，電話立刻轉到井澤手中。松田滿懷歉疚。總編現在應該正忙著修改文章標題和編輯目次，這都是左右雜誌銷量的重要工作。

「阿松嗎？出了什麼事？你在哪裡？」井澤連珠炮似地問。

「剛才警方打電話來核對你的身分。」

「我被逮捕了，但剛剛被釋放了。」

「被逮捕又被釋放？啊，可惡！」總編低吼。

「我該從何問起？」

松田也回想著從採訪鵜野展開的漫長的一天說：

「我也不知道該從何說起。」

「看來你還不知道。」

「不知道什麼？」

「野口進好像死了。」

「怎麼可能？」松田想起方才跟自己扭打成一團的傲慢政客。是他引發的傷害案被誇大渲染傳出去了吧。

「搞錯了吧？」

「不，幾乎確定了。現在我們正在向各方面求證。野口被送醫是事實。」

大報社和電視台都會竊聽消防無線電，因此緊急送醫應該是確有其事。想到這裡，松田心生不安。代議士的死，會不會是自己的暴力造成的？

「死因是什麼？」

「還不清楚。已經確定的消息是，他被送醫的時候，已經心肺停止了。後來妻兒帶著秘書前往醫院。另外，聽說接到野口家叫救護車的電話的時間，是凌晨一點三分。」

松田沉默了。

「凌晨一點三分。」井澤再說了一次。

松田的口中吐出粗重的嘆息。對於超越自然的某人，他湧出了畏怖之情。野口前往採訪時，那個房間還有另一名客人。在松田被帶走後，那名客人仍從掉在地上的照片直盯著野口看——面露陰沉的假笑。

這該說是作祟嗎？還是遭天譴了？松田不明白，但總之貪瀆政客的惡行遭到報應了。

「你現在能過來嗎？我想知道今天發生了什麼事。」

對松田來說，前往箱根村落的昨天的事，感覺恍如遙遠的過去。

「鵜野那裡什麼都沒查到。」

「什麼都沒有？撲空了嗎？」

「對。沒有任何可以寫出來的東西。」

他決定除了這件事以外，自己在代議士家中的所做所爲，全都據實以告。接下來等著他的只有被開除或是辭職，但另一個世界的妻子和父母，一定會爲現在的他感到驕傲吧。

發現漫長的記者生涯因為靈異報導而劃下終點，松田忍受著雙頰的疼痛，淡淡地笑了。

「我的工作這樣就結束了。」

13

第三天傍晚，關於代議士死時的狀況，一切資訊幾乎都公開了。綜合各家媒體的報導內容，以及當事人松田自身的見解，相關事實如同下述。

松田被帶去轄區警署後，晚上八點左右，主治醫師前往野口家，為野口診療傷勢。檢查結果，雖然除了臉部挫傷以外，鼻腔和口腔也有出血，但血壓等內科方面的檢查沒有異常，醫師認為只需要應急處理一下外傷就行了。家庭醫師的這項診斷，在後來救了松田。此外，這時受的傷，對外宣稱是「在家跌倒造成的」。

醫師回去以後，野口家直到接下來的叫救護車送醫，有三小時的空白。這段期間，野口應該針對該如何處理雜誌記者引發的傷害案，將一切得失利弊放在天秤上衡量，擬定對策吧。結果他在接近午夜的時刻決定不提告，檢警雙方開始朝釋放松田行動。

祕書在午夜零時過後離開代議士家，屋子裡再次回歸寂靜，但忙著為騷動善後的傭人在凌晨一點三分聽到奇妙的聲響。據說「就像是粗木柴折斷的聲音」。緊接著傳來有重物倒地的聲音，傭人毫不猶豫地衝進會客室，結果看見野口代議士倒在地上，傭人跑過去時，已經沒了呼吸。

送醫的醫院公布野口進眾議院議員的死因是急性心臟衰竭。幸好不久前主治醫師才診察過，警方無法將代議士的死和松田的暴力攻擊連結在一起。而且傭人聽見的怪聲，直到最後都不知道究竟是什麼。

此外，部分媒體掌握到有警車聚集在野口家前的事實，但關於此事，警方口風很緊，只宣布「議員和訪客之間發生私人糾紛」，沒有揭露更多的詳情。

代議士猝死後，松田前往編輯部，只對井澤總編一個人說明一切。得知部下的暴力行爲，井澤相當吃驚，但因爲松田本人已經被釋放，因此命令他暫時在自家聽候發落。井澤判斷還沒有傳出風聲，靜觀其變才是上策。

原本的話，兩天後就是靈異報導的截稿日了，但松田在家沒有接到任何聯絡，到了第三天晚上，才終於接到叫他去編輯部的通知。

接到呼叫的時候，松田已經立下決心了。他用還在發痛的右手握著鋼筆寫好辭呈，離開家門。戶外寒冷徹骨，厚雲覆蓋了大都市的夜空。

這天是當期的稿件有八成都已經完成的校畢第二天。松田抵達的晚上十點多，主任和編輯部正忙著最後一次檢查校樣。

在總編席，井澤正在對各篇文章進行最後檢查，他一看到松田現身，便把夾起來的一疊紙遞給他。

「你看一下。」

是預定刊登在這一期的野口代議士死亡報導。

松田坐到自己的桌前，細讀撰稿員寫的四頁內文。在讀者群是主婦的雜誌，處理政治人物的訃聞時，不只是故人生前的功績，一般都會把焦點放在家屬的悲傷，以及在幕後支持議員的賢內助身上，但這篇報導卻大剌剌地勾勒出黑心政客的眞實面貌。爲了組織票和募款，汲汲營營爲建商謀利的利益團體代表議員的生平、檢察廳對他諸多收賄嫌疑不予追究的令人費解的決定，還有在公開場合不斷做出粗暴言論及歧視言論的傲慢嘴臉。故人近影使用了吉村在銀座拍到的照片之一，甚至加上「上高級俱樂部大肆揮霍的野口代議士」的圖說。

讀完之後，松田回到總編席說：

「我覺得寫得很好。」

「這傢伙活該被揍。」井澤說。

「對了，靈異稿件全數作廢，換成這篇報導。」

對於這項決定，松田也沒有異議，反而是舉雙手贊成。

井澤離席，把松田叫到牆邊的接待區。

「剩下的去那邊說吧」，在扁塌的沙發坐下後，井澤壓低了聲音開口：

「關於你的進退……」

松田抬手打斷接下來的話，從西裝口袋掏出封面寫著「辭呈」的信封，遞給上司。

「別急。」井澤說：

「你做的事沒有構成傷害案，警方似乎也守口如瓶，往後應該也不會引發問題。而且《女性之友》至少還會撐到二月號，你就做到一年的合約結束如何？」

「不，我原本是應該待在文化部門的人。我這個不了解社會的人，不該跑去查什麼社會部門的事件。」

「可是你是自由工作者，沒有失業保險吧？一個月的收入也不能小看啊。」

「我已經決定了。」

井澤雙手繞到腦袋後面，身體靠在椅背上，好像在尋找慰留的話。

「接下來我會努力活到六十歲，領年金過活。」

「唔，我也很快就追上你了。」總編說。

片刻間兩人默默無語，落寞的氛圍籠罩周圍。

「好吧，我明白了。」井澤說，站了起來。

「都是大人了，既然你這麼決定，我就收下這辭呈吧。」

「抱歉在最忙的時期添了這麼多麻煩。」

「不會，你幹得很好，阿松。」

「雖然沒派上什麼用場。」

「我不是說雜誌。」井澤笑著握拳擺出架勢。

「我也很想給他來個一拳。」

松田也露出微笑，目送返回總編席的井澤背影。接著他前往自己的座位，抽了一支菸，爲這處職場留下最後的回憶。

剩下的工作就只有整理物品了。松田翻找桌子抽屜，挖出塞在深處的手電筒，放進外套口袋，其他瑣碎的私人物品丟進紙箱裡。寄物櫃的內容物也放進紙箱，填寫宅配單，安排寄回自家。

時間超過深夜零時了。編輯部裡，結束校對工作的記者和編輯部正開始喝酒慶祝。中西主任和編輯部的工藤也在。松田沒有加入其中，穿上大衣，準備離開職場。然而這時他在接待區看見意外的客人身影，停下腳步。

「松田大哥。」吉村主動出聲。一起採訪靈異事件的攝影師從沙發上站起來，看到松田臉上的抓傷和右手的繃帶，睜圓了眼睛。

「你怎麼了？」

「一言難盡。」松田含糊其詞。

「你才是怎麼了？工作不是結束了嗎？」

吉村隸屬的彩頁小組應該早就校稿完了。暫時從忙碌職務解脫的攝影師露出他天生的快活笑容說：

「我想來邀松田大哥去喝酒。」

「不好意思，我要去個地方。」

「那我送你。我的車在停車場。」

松田知道吉村的目的。他們採訪的內容爲何沒有刊出來？他想知道箇中理由。

「外面很冷，還開始下雨了。」吉村兜著圈子催促松田同意。

「天氣預報說會下雪。」

「那就麻煩你了。」松田回應。和這名直爽的青年，今晚應該也是最後一次碰面了。

「載我去下北澤吧！」

尾聲

這季節難得的大雨敲打著擋風玻璃。

車子裡的收音機傳來廣播主持人的聲音，告知寒流到來。

副駕駛座的窗戶一片模糊，看不見外面。松田面向前方，出神地看著在雨滴中暈滲開來的都會景色。

吉村握著廂型車方向盤，在開進甲州街道的時候關掉收音機，探問採訪沒有刊出來的理由。

「拚成那樣，卻全數作廢，我無法接受啊。」

「野口進殺掉情婦這件事，直到最後都無法證實。」松田解釋。

「被送去當情婦的女人，也只能證實她跟坂東組有關，沒辦法跟代議士本人連結在一起。當成行賄和收賄的手段，無懈可擊。」

「既然這樣，就不能回到一開始的靈異報導嗎？」

「沒辦法。」松田回想起爲了不熟悉的靈異採訪頭大不已的那時候。他身爲前報社記者，過度認眞地追查，結果接連挖掘出無法刊登出來的事實。

「靈異照片和命案被害人長得一樣，光是這一點，就會遇到該寫到什麼程度的問題。最後總編判斷，殺人犯看到被害人的冤魂發瘋這件事，還有平交道的招靈實驗都無法公諸於世。」

「沒辦法嗎？」吉村遺憾地說。

「對了，聽說野口進猝死的時間，是凌晨一點三分呢。」

「對。」松田看看汽車儀表板上的電子鐘。快凌晨一點三分了。

「我覺得不是巧合。」

吉村點點頭說「這件事應該也沒辦法寫出來」，就此沉默。

車子在笹塚左轉，經過曾經是代議士情婦住家所在的區域，進入前往下北澤三號平交道的道路。這是條住宅和小商家林立的小路，案發當晚，長髮女子應該一個人經過這裡。松田要求放慢車速，用手抹了抹模糊的車窗，將女人在人生最後看到的景象烙印在記憶當中。

很快地，廂型車經過下北澤站，地形變成磨缽狀。在漫長的下坡路前進，來到窪地的底部。吉村不是開到三號平交道，而是在松田事先說明的目的地——廢棄的木造倉庫前停車。

在熄掉車燈、變得陰暗的車子裡，松田從口袋裡取出手電筒。他試著按下開關，燈泡順利亮起。

吉村在駕駛座看著他問：

「你一個人沒問題嗎？」

「嗯。」

這時，雨聲之中傳來細微的警報聲。吉村伸手，再次打開先前關掉的雨刷。雨下個不停的擋風玻璃另一頭，上坡道的前方，三號平交道隨著紅色警示燈的閃爍，開始放下遮斷機。

松田確定時間。凌晨一點三分。

「是末班車。」

吉村點點頭，將目光從平交道轉回副駕問：

「那，松田大哥，你在鶇野眞的什麼都沒查到嗎？她的名字，或是身世。」

松田猶豫該怎麼回答，吉村想到編輯部裡的保密義務，補充說：

「當然，可以透露的範圍內就行了。」

松田認爲對於一起追查案子的搭檔，應該可以告訴他終於解開的謎團。

「只有一件事。」

「什麼？」

松田抬頭，看向壞掉的自動販賣機放置的一角。那裡是長髮女子生前注視著開過土提的電車的地點。

「我總算知道她臨死前爲什麼要去到平交道了。」

「爲什麼？」

這時，伴隨著低沉的金屬聲響，前往箱根的末班列車經過三號平交道了。

「只要乘上那班車，她就能回去故鄉了。」

吉村的眼睛追著離去的列車車尾燈移動。善良的青年不知是否想起了漫長的鐵路盡頭班鶇飛來的山林，感慨地發出一聲「啊」。

「原來是這樣啊。虧你查出來了。」

「我應該更早想到的。」松田重新握好手電筒，另一手扶在車門上。

「那我過去了。一直以來謝謝你了。」

「請加油。」吉村留下最後的鼓勵，發動引擎。

松田走出雨中的馬路，廂型車慢慢地駛離窪地底部。

目送車尾燈消失在轉角後，松田以雙手遮雨，跑近廢屋。

過去成爲殺人舞台的倉庫離馬路有段距離，路燈的光線照不到，土地裡化成了一團分不清是黑暗還是地面的暗影。松田小心地踏入其中，走近木造平房。用手電筒的光照向建築物入口，看見附著在上面的黑色血跡。和以前白天來的時候一樣，用來裝大鎖的金屬零件還是壞的。松田把手電筒夾在左腋底下，雙手扶著門往旁邊推。雖然需要一些力氣，但門發出咬住沙土的粗糙聲響，通往犯罪現場的入口打開了。

屋內一片漆黑。冷氣從黑暗中滿溢而出，彷彿要將試圖侵入的人推出去。松田的身體因寒意而僵硬，後悔應該穿得更暖和一些再過來。接下來他必須暫時置身在這團冷空氣裡，等待不知何時會現身的對象。但他不想再回到雨中，立下決心走了進去。

關上背後的拉門，以手電筒的光四下掃射，觀察屋內狀況。空倉庫的地板面積約十二坪左右，就像荒井刑警說明的，以拆掉門板的牆壁隔成兩間。

女子被刺殺的地方是裡面的房間。松田正要走向那裡，但地板傾軋的聲音過度響亮，嚇得他停下腳步。長期無人地棄置的廢屋，只是有個人闖入，所有建材就彷彿承受不了重量，發出了尖叫。

松田擔心地板會不會被踩破，小心確認鞋底傳來的感覺，再次往前走去。即使舉起手電筒，光也照不到對面牆壁，前方依然一團漆黑。來到房間中央左右，他實在太害怕了，雙腳無法繼續前進。但想要親眼確定的渴望還是沒有消失，他好不容易走到了隔牆前方。

松田肩膀靠近牆壁停步，這時第一次發現了奇妙的現象。他停下腳步以後，地板仍不斷地傳出傾軋聲。豎耳聆聽，隔牆另一頭，過去是殺人現場的空間不斷傳來像樹枝折斷的聲響。

他猶豫著是否要探頭看裡面，確定聲音來源，這時手電筒熄滅了。他慌忙重新扳動開關，依然沒有亮起。松田被伸手不見五指的黑暗包圍，皮膚感覺到異樣的氣息，他踏出一步，探頭看倉庫深處。

結果，他要找的女人就在房間中央。瞪大了雙眼的松田由於分不清恐懼還是感動、難以理解的震撼，感到全身寒毛倒豎。白晰地浮現在黑暗中的女人，看起來不是站著，而是浮著。但是令松田背脊發涼的並非那不自然的站姿，而是身爲死者的模樣。失去力量的眼皮垂在混濁的眼球上，從胸口噴出的大量鮮血，染黑了長髮的髮稍到腳尖處。飄浮在黑暗中的，毫無疑問是一具屍體。

松田口中發出絕望的呻吟。這呻吟與他在那間白色病房，妻子的心跳停止那瞬間發出的聲音一模一樣。失去的悲痛，以及對於再也無法回歸這個世界的人的憐憫，緊緊地勒住了他的胸口，近乎痛苦。有一個生者絕對不能觸碰的世界、有一個只能帶著恐懼與忌諱迴避的領域——現在與松田面對面的女子，就彷彿要以她自身傳達出這個訊息，而身在那裡。

即使如此，松田依然然抗拒著讓全身僵硬的不可見力量，試圖移動雙手。他想要和現在已死的女人相觸。他覺得只要這樣做，就能夠緩和隱藏在假笑底下的她的痛苦。

也許是他的心意傳達出去了，女人的身體動了起來。她以死者的模樣，緩慢滑行似地靠向這裡。松田絞盡意志的力量，把手抬高至胸部的高度，往前伸去，就好像要緊緊擁抱住因重創而鮮血淋漓的她。長髮女子即將跨越陰陽境界，與松田相觸的瞬間，卻倏忽消失了。

松田回神，拚命摸索眼前的黑暗。然而雙手觸碰不到任何實體，只有指尖掠過宛如生命殘渣的寒氣。這時，樹枝折斷般的聲音已經止息，亮起的手電筒射出一束光線，照亮無人的倉庫。然後，先前確實感覺到的某人的氣息也消失無蹤了。

松田在那裡佇立了片刻，告訴自己這裡沒有人。

一直想見的人，早已去了另一個世界。

不管是長髮女子還是妻子都是。

再見，松田低聲呢喃道別的話語，轉身前往出口。

不知不覺間，雨聲停了。

從天而降的雪花，以寂靜籠罩了周邊一帶。

松田關上倉庫門，踩著虛浮的步伐在黑暗中前進。走出馬路，站在路燈下，被飛舞的無數雪花圍繞，感覺身體變得輕盈。遠離市街的窪地沒有行人往來，只有自己的腳步聲顯得格外刺耳。

松田走到壞掉的自動販賣機前，停下腳步，仰望坡道前方的三號平交道。

軌道上漂浮著白色的人影。宛如無處可去的迷途孩童，在常夜燈照亮的平交道裡往返逡巡。

松田只能遠遠地注視著。那個人影實在太過虛幻，一伸手就會消失。松田不斷祈禱，祈禱她能回到故鄉，回到唯一愛著她的母親身邊。

不久後，那幽朦的人影像火焰般搖晃了一下，化作不斷堆積的雪花飛散開來。

平交道只留下一片寧靜，松田閉上眼，低著頭，再次一個人被拋棄在這個世界裡。

謝辭

寫作本書時，作者得到了各界專家的協助。僅在此向大方傳授專業知識與洞見的各位表達深切的謝意。

二田一比古先生（影劇記者）
河嶋浩司先生（前每日新聞社股份有限公司編輯委員）
故　倉科孝靖先生（前警視廳搜查第一課管理官）

此外，這裡無法寫出名字的O先生所提供的寶貴指教，構成了故事的基礎，在此由衷感謝。

本書獻給在作者小時候告訴我許多鬼故事的亡母テイ。

E.FICTION 58／平交道的幽靈

原著書名／踏切の幽霊
作　者／高野和明
翻　譯／王華懋
編輯總監／劉麗真
責任編輯／張麗嫺
國際版權／吳玲緯、楊靜
行　銷／徐慧芬
業　務／李再星、李振東、林佩瑜
事業群總經理／謝至平
發 行 人／何飛鵬
出　版／獨步文化
台北市南港區昆陽街16號4樓
電話：(02) 25007696　傳真：(02) 25001951
發　行／英屬蓋曼群島商家庭傳媒股份有限公司城邦分公司
台北市南港區昆陽街16號8樓
客服專線：(02) 25007718；25007719
24小時傳真專線：(02) 25001990；25001991
服務時間：週一至週五上午09:30-12:00；
下午13:30-17:00
劃撥帳號：19863813　戶名：書虫股份有限公司
讀者服務信箱：service@readingclub.com.tw
城邦網址：http://www.cite.com.tw
香港發行所／城邦（香港）出版集團有限公司
香港九龍土瓜灣土瓜灣道86號順聯工業大廈6樓A室
電話：(852) 25086231　傳真：(852) 25789337
E-MAIL: hkcite@biznetvigator.com
馬新發行所／城邦（馬新）出版集團
Cite（M）Sdn. Bhd.（458372U）
41, Jalan Radin Anum, Bandar Baru Seri Petaling,
57000 Kuala Lumpur, Malaysia.
電話：+6(03) 90563833　傳真：+6(03) 90576622
E-MAIL: services@cite.my

封面設計／倪旻鋒
印　刷／中原造像股份有限公司
排　版／陳瑜安
●2024年5月初版
●2024年6月25日初版三刷
售價360元

ISBN 978-626-7415-30-6（平裝）
978-626-7415-31-3（EPUB）

國家圖書館出版品預行編目（CIP）資料

平交道的幽靈／高野和明著；王華懋譯．– 初版．
– 臺北市：獨步文化，城邦文化事業股份有限公司出版：英屬蓋曼群島商家庭傳媒股份有限公司城邦分公司發行，2024.05
面；　公分．--（E.Fiction；58）

譯自：踏切の幽霊

ISBN 978-626-7415-30-6（平裝）

861.57　　113004028